部 族

［澳大利亚］迈克尔·穆罕默德·艾哈迈德　著

李　尧　孙英馨　译

外语教学与研究出版社
北京

京权图字：01-2016-0734

图书在版编目（CIP）数据

部族 ／（澳）艾哈迈德著；李尧，孙英馨译. —— 北京：外语教学与
研究出版社，2016.4
ISBN 978-7-5135-7348-1

I. ①部… II. ①艾… ②李… ③孙… III. ①长篇小说－澳大利亚－
现代 IV. ①I611.45

中国版本图书馆CIP数据核字 (2016) 第080243号

出 版 人	蔡剑峰
项目策划	杨芳州
责任编辑	孙嘉琪
执行编辑	朱莹莹
装帧设计	马晓羽
封面插画	马晓羽
出版发行	外语教学与研究出版社
社　　址	北京市西三环北路19号（100089）
网　　址	http://www.fltrp.com
印　　刷	三河市北燕印装有限公司
开　　本	889×1194　1/32
印　　张	4.5
版　　次	2016年5月第1版 2016年5月第1次印刷
书　　号	ISBN 978-7-5135-7348-1
定　　价	29.00元

购书咨询：（010）88819926　电子邮箱：club@fltrp.com
外研书店：https://waiyants.tmall.com
凡印刷、装订质量问题，请联系我社印制部
联系电话：（010）61207896　电子邮箱：zhijian@fltrp.com
凡侵权、盗版书籍线索，请联系我社法律事务部
举报电话：（010）88817519　电子邮箱：banquan@fltrp.com
法律顾问：立方律师事务所　刘旭东律师
　　　　　中咨律师事务所　殷　斌律师
物料号：273480001

ACKNOWLEDGEMENTS

Thank you to those who guided me and cared for me while I wrote this book. First thank you Ivor Indyk, Alice Grundy, Chris Andrews and Greg Noble. Thank you to my friends, Peter Polites, Luke Carman, Roslyn Oades, Gaele Sobott, Tamar Chnorhokian, Ben Denham, Lachlan Brown, Fiona Wright and Felicity Castagna. Thank you to my father-in-law, Brett Worsley, and my mother-in-law, Denise Bowden, whom I will always remember. Thank you to all the staff at the University of Western Sydney Writing and Society Research Centre, especially Anthony Uhlmann, Mridula Nath Chakraborty, Matt McGuire, Melinda Jewell and Suzanne Gapps. And thank you Andrew Nicholas. It started with you.

This project has been assisted by the Commonwealth Government through the Australia Council, its arts funding and advisory body.

Australian Government

Australia Council
for the Arts

给我的家人，虽然他们永远都不会读这本书……
给珍，第一个读这本书的人。

目 录

译者前言

迈克尔·穆罕默德·艾哈迈德（Michael Mohammed Ahmad，1986— ）是一位阿拉伯裔澳大利亚青年小说家、剧作家和演员，祖籍黎巴嫩，近年来活跃于澳大利亚的文艺和政治舞台。他曾任西边出版社（Westside Publications）总编，组织并领导"血汗工厂"悉尼西区文化运动（Sweatshop Western Sydney Literacy Movement），该组织致力于改善悉尼西区（乃至于澳大利亚更多类似社区）的社会形象，创作关于该地区种族、阶级与文化冲突的文艺作品。2012 年他因在发展地区文化方面取得的成就获得澳大利亚柯克·罗伯森文学奖。2013 年他主演并在澳大利亚全国巡演了罗斯林·奥德斯创作的戏剧《我是你的人》（*I'm Your Man*）。2014 年迈克尔除了出版小说《部族》之外，还创作了剧本《三个傻瓜》（*Three Jerks*）。《三个傻瓜》围绕 2000 年发生在悉尼西区的一起少年强奸案展开，反映这一案件如何被媒体利用而诋毁了整个西部郊区的形象，探讨了这起案件的处理过程给生活在该地区的年轻人造成的负面影响。迈克尔在提及这一现象时说："生活在悉尼西区的人们常常因为不为人知而饱受误解，也常常因为媒体对该地区的有限呈现和错误呈现而招致怀疑和排斥。"他因此希望通过文艺与社会活动代表地区文化发出声音，"申明被边缘化的个体所具有的权利"，期待加强文化间的沟通与交流，促进主流文化与亚文化的和谐共融。这也是《部族》这部作品的一个意旨。难能可贵的是，这一诉求被作者以充满人情味的叙事内容和方式婉转地传达出来，保持了作品的人文性和艺术性。

翻开迈克尔的作品，和作者一起重温他对童年的记忆、对家族历史变迁瞬间的追怀，读者可以感受到作者对至亲的热爱，对自我成长的探寻以及一个生长于双重乃至多重文化背景下的青年对本民族文化的赞颂与反思。

细细品来，与其说《部族》是一本小说，不如说它是一首诗；与其说它讲述的是一个故事，不如说它展现的是一幅民俗文化图景。

迈克尔是一个具有诗人气质的小说作者。他的作品也一如他的性情，充满诗的意味。闻一多说，好诗有三美：音乐美、绘画美和建筑美。《部族》这部作品，从画的角度说来，其画面感很强，意象俯拾皆是。作者善用白描和比喻的手法呈现意象。小说开篇就写到奶奶的肚皮上面布满横七竖八的疤痕，像是通往四面八方的铁轨。这一意象引出了整个故事。祖母肚子上的每一条疤痕都是自她身上诞生的一个生命，每一条疤痕都是一个母亲的爱与痛。这位饱经沧桑的母亲，在自己的一生中，随着孩子的夭折、出嫁、精神失常、误入歧途不断地产生痛失骨肉的感觉，最终却在病危和死亡后，使一家人相聚并重拾血脉相连的深厚情谊。疤痕的意象包含了母亲形象的全部意义。作品中这类具有明显象征意义的意象还有很多，比如巴尼家里的挂像：走廊里的猫王像，起居室里的祖父母像和艾胡德大伯的像，还有一幅沙漠风情画。每一幅图像都包含着丰富的文化内涵，反映了这个家庭的伦理关系和伦理价值取向，以及他们所处的双重文化环境，读来意味深长。

作品的音乐之美主要体现在其抒情段落。建筑之美体现在布局谋篇当中。小说共分三章，各章前后呼应，彼此间存在着结构上的对应。每一章都起始并结束于"那时候，我才……岁，但当时的情景总是历历在目。"这一句式的六次运用，既使各章节自成一个前后呼应的、封闭的整体，又使章节间保持了时间上的连续性，使整部小说形成一个按照线性时间序列排列的叙事链条。如此，整个叙事结构具有非常整齐和清晰的对应特征。这种特征还体现在各章内部写实、遐思和抒情段落的布局与分配当中。当然，小说的诗意特征最主要地还表现在全篇浓烈的情绪氛围中，无论好奇、兴奋和欢喜，还是恐惧、疑惑和悲伤，作者都表现得酣畅淋漓。

《部族》不仅抒发了诗意的情感，而且通过描写家族生活环境和重大事件着意展现了民族文化。为了向读者言明阿拉伯民俗文化的特征，作者运用自然主义的细节呈现手法，细致入微的描写使人仿佛身临其境，目睹生活在澳大利亚的阿拉伯族裔社区人员的构成、居住环境、服饰、习俗、家庭伦理、社会关系乃至宗教等等各方面的特点，也表现了一个生活在异族文化环境里的少数民族如何顽强地保存自己的文化，以及在主流文化的包围下对保持本民族独特性的疑虑和渴望被外界认同的焦灼感。

除此以外，作者在文化叙写的同时还埋下一条重要线索，那就是叙述者对自我身份的追问——我是谁？我从哪里来？我的本质何为？叙述者从一个孩童的视角，通过童年成长阶段对身边人的对比观察，通过对家族移民历史的回顾，以及对祖母和父亲分别代表的男女两代家长文化身份与家族伦理身份的确认，思索着对自我的定义。

总之，《部族》在文学创作技巧方面，在表现民族文化和表达作者诉求方面都有可圈可点之处。这也是译者愿意为之付出努力，把它介绍给国内广大读者更深层次的原因。

译者　　孙英馨

2015 年 1 月 25 日

亚当之家

那时候，我才七岁，但当时的情景总是历历在目。泰太① 撩起上衣，露出肚子，肚子很大，压在她肥硕的大腿上。她金黄色的肌肤很是柔软，每当她抱住我亲吻的时候，我觉得她整个身体就像一个装满热水的大塑料袋。她的牙齿快掉光了，可她总是喜欢咧开嘴露出笑容。泰太得了关节炎，指关节粗大，那棕黄色的手指像干枯的树枝一般僵硬，只有在做"阿筋"——我们叫作面团的东西时，才觉得她的手指能活动。当时她就用这双手托着她的肚子给我看她肚皮上的十一道疤痕。那些疤就在肚脐下面，像铁轨一样伸向四面八方。她指着其中一条，用阿拉伯语说："这是你父亲贾布里勒。"指着另外一条说："这是你大伯艾胡德。"然后一条，一条，又一条，如数家珍般说出另外三个儿子的名字："奥萨马、易卜拉欣，还有最小的阿里。"接着，泰太指着另外两条疤说："这是两个女儿，阿米娜和雅思明……"报出属于第三个女儿的那道疤之前，她犹豫了一下，然后说："这是玛利安。"当指着最后三道疤的时候，祖母脸上的笑容消失了，她仅有的那几颗牙齿仿佛要从嘴里掉出来。"这是费拉兹、哈利勒和沙赫拉扎特……离开黎巴嫩之前，他们就死了。"

　　泰太的孩子们大都和她一起生活，住在祖父留下的房子里。祖父名叫巴尼·亚当。父亲每天都提醒我这房子是祖父的，他会说："我们是'巴特亚当'。"意思是"我们是亚当家的。"我家的房子在亚历山德里亚。因为我们是阿拉伯人，有时候，大伙

---

① 阿拉伯语音译，意思是奶奶。

儿就以为我说的是埃及那个亚历山德里亚，实际上是悉尼内西区郊外那个亚历山德里亚。我家房子没有独立的山墙，两侧的墙都是和邻居家共用的。在亚历山德里亚，这种结构的房子很普遍。那是位于科普兰街的一幢二层黄砖小楼，马路对面是亚历山德里亚公园和亚历山德里亚椭圆形的运动场，右手边是个发廊，店主是个澳洲白人，名叫查克。顺着那条路往前走一分钟，就是厄斯金威尔车站，房子后面不远处是亚历山德里亚公立学校，我就在那儿上学。

我和兄弟姐妹不可以自己去上学，得等爸爸妈妈接送，有时要等上好几个小时。我们也不能自己去百米开外的街角商店。那个商店的老板沙迪和丽玛是亚历山德里亚除我家之外仅有的阿拉伯人，但和我们不是同一个部族，他们是基督徒。可是在这个地方，能有几个阿拉伯老乡就不错了。举目四顾，他们是和我们关系最近的人。我有一次问爸爸，能不能让我自己去那个商店，他说："要是别人把你弄走，你知道会怎么样吗？他们会玩你的屁屁。"我当时听了这话，哈哈大笑。

我家房子外面有一排黄砖围墙，进屋子得穿过一扇锈迹斑斑的大门。大门刷成暗橙色，跟普通房门一样高。进了大门只要走上两三步就到了前门。房门是用旧木板做成的，很薄，刷了层褐色的漆。打开门就可以看到过道右手边爸妈的房间。他们不在屋里的时候，我不能进去。爸爸说随便进入父母的房间是没有礼貌的。有时候，爸爸下午会在屋里小睡一会儿，我就进去，在他身边躺下，但是根本睡不着。阳光从床头上边的窗子照射进来，太

4

亮了。我只好躺在那儿，盯着眼前一字排开的三只旧衣柜看。我一直以为它们是纯实木做的，结果却发现柜角那有贴皮开始卷翘。有一次爸爸睡着了，我就悄悄爬过去，剥开那层塑料贴皮，刚好看得见下面是什么玩意儿，原来都是木头渣子，让我想起玉米片。那衣柜的门把手也不是什么真材实料，之前我一直以为那是黄金做的，结果发现那层金色也开始脱落。衣柜里面放满妈妈的衣服，还有爸爸的几件衬衣和几条裤子。衣柜上面放着爸爸的《古兰经》。有时夜里我害怕，爸爸就把《古兰经》放在枕头下面保佑我。《古兰经》特别厚，我躺下之后，脑袋比别的兄弟姐妹都高，每次醒来脖子都又酸又痛。

走廊左边是我叔叔阿里的房子，他是爸爸最小的弟弟，是我们家族里长得最高大的人，身长肩阔。他房间外面的走廊里挂着猫王埃尔维斯穿着衣服的写真照片。我觉得阿里叔叔长得就像猫王。他黑色的头发总是向后梳拢，大下巴上现出憨厚的笑容。他的肤色也和猫王一样。我总说那是褐色，这时我爸爸就会更正说："那是橄榄色。"他还解释说："因为猫王长得就像个阿拉伯小子。"当然，随便进入阿里叔叔的房间也是不礼貌的，可是有时候我也管不了那么多，偷偷溜进去。那是这座房子里最好的房间，因为阿里叔叔不必与任何人合住。房间里有一张单人床、一张书桌和一个窄窄的衣柜。屋中央非常宽敞，刚好可以让我摆开乐高积木在那儿玩上几个钟头。房间还有一扇大窗，从窗口望出去就是亚历山德里亚公园，视线开阔，没有任何遮挡。街上的阳光透过窗子直射进来，亮堂堂的。天冷的时候我溜进阿里叔叔的房间，躺在地板上，让阳光照着脸庞。暖和起来的时候就开始想象：我到底是从哪里来的呢？不是这里。我属于沙漠，属于沙土，属于骆驼。这时，阿里叔叔就会突然出现在我面前，"啦啦啦，出去！出去！"他会这么说。

阿里叔叔只有一次允许我进入他的房间。那是一个晚上，他说，我们家院子里有 UFO。它们像奇怪的影子，在天空中不停地旋转，什么都挡不住它们，无论云彩、月亮，还是星星。它们的速度比我见过的任何飞机或者汽车都快。阿里叔叔让我藏在他的床下面。我在那儿躲了整整一夜，却只看到他的书桌腿，还有他放在桌腿间生了锈的金属哑铃。第二天我又看到那些影子，就问爸爸。爸爸听了，哈哈大笑。他说那是展览场地那边投射过来的灯光。那天，出于安全，我又躲藏在阿里叔叔的床下，可是这回却被阿里赶了出来。阿里叔叔当年只有二十二岁。那时候，我还不被允许憎恨任何人，可是我觉得我恨他，他总拿我寻开心。

有一次，他把我带到马路对面的公园里，然后就悄悄躲藏在一棵树的后面。一直到我大哭起来，他才走出来表明我不是一个人。起初，他咧着嘴，脸上露出猫王一般的笑容，后来竟然哈哈大笑起来。阿里叔叔告诉我，为什么尽管公园就在马路对面，我们也不可以自己去那里玩耍。因为从我站的地方望去，我家的房子看起来很远。

阿里叔叔的房间，还有妈妈和爸爸的房间都很小。从这儿再向前走几步，走廊尽头就是我们的房间。我的哥哥和两个妹妹，有时候还有堂兄妹都住在这里。卧室左边的角落里有一扇狭长的窗子，靠墙放着两张床——就像我家的房子两侧靠着邻居的墙一样。我们房间唯一的"空地儿"就是门口，其余的地方全都塞满了旧衣柜。可是我们总能找到玩耍的地方。我和哥哥站在床的高处互相飞身踢向对方，我和姐妹们在床底下玩"过家家"。通向所有卧室的门都和前门一样，是旧胶合板做成的，涂成蓝色。阿里叔叔说这些门使房子看起来特别"卡通"。我们的房门和父母的房门之间挂着猫王埃尔维斯的挂毯。他身穿白色西装，手握麦克风。我们全家谁都没有谈论过猫王或者听过他唱的歌，所以我真搞不懂为什么把他挂在那里，我猜想大概因为他长得像阿里叔叔吧。

起居室在走廊的一头。右边有个吧台，我们把它当成仓库，存放一罐罐的橄榄、腌菜还有一种叫作"尚力士"的发霉的奶酪。泰太一个人准备这些东西。那时候，她光着脚坐在房前的奶箱上，周围是一箱箱的黄瓜、橄榄、大白菜和一个个的空罐子。有时候我和妹妹尤切维德也在外面陪她。我们坐在一块床单上，身边散落着一大片橄榄。我们用杵使劲敲打橄榄，直到把果皮拍松，然后递给泰太。一罐装满了，就把它抬到吧台里，和其他东西存放在一起，这一放就是几个月。

我和哥哥妹妹，还有堂兄妹们坐在起居室那边的皮质吧台上拍过一些照片。长大后才知道，那个吧台本来是应该存放酒的，就像街头酒吧里**真正的**吧台一样。我们部族的人是不应该喝酒的。

起居室的墙是砖结构的，跟房子外面的砖墙一样。靠墙一排摆放着三套不同的沙发。沙发面料是色彩柔和的条纹图案。这些沙发一直就在那儿放着。我不记得它们崭新时候的样子—— 一定是爸妈从街上捡回来的。"亚当之家"现在属于祖母，但是在这座房子里她却没有一间自己的卧室。她睡在沙发上。我半夜醒来撒尿的时候，总要从熟睡的祖母身边经过。她像示巴女王毕勒吉斯①了为了塑像而摆造型一样侧身躺着，身体随着深深地呼气、吸气上下起伏。

每个沙发扶手上都铺着一块白色的装饰布，一滑落下来妈妈就马上再摆放好。这些白布是这座房子里唯一看上去崭新的东西，因为妈妈每天都洗。真不明白为什么要铺这些玩意儿，我一直以为就是为了吃完肯德基炸鸡后擦手用的。可是，你真要拿它们擦手，就惹麻烦了。"我刚刚洗过！"妈妈会大喊。我想问为什么？你为什么洗？但是我心疼妈妈，就没有问。她对我说，小时候刚满九岁，她父亲就逼她离开学校，所以她只学会了做饭、洗衣服。后来，爸爸出现了，要讨她当老婆，妈妈拒绝了。"我要找个强壮的男人。"她对她父亲说。外公听了，咯咯咯地笑起来，说："这个男人要是打你，他能把你打飞了。"

起居室放吧台的那个角落里有个木质橱柜，里面放着一台旧电视。对面是一些折叠椅。爸爸周末在市场卖二手货，所以很容易就弄到了这些椅子。他的仓库里有一堆一堆的旧家什。这些椅子堵住了过道，所以一进门就要把身子像钩子一样弯向电视。沙发之间的小咖啡桌上摆放着花瓶。每个花瓶都是心形或者天鹅的

---

① 位于阿拉伯半岛西南部的赛伯伊王国（或示巴）的统治者。

形状，里面装着塑料花。每个咖啡桌上都有三个烟灰缸，有些烟灰缸上还装饰着镀金的阿拉伯文。我喜欢在沙发和咖啡桌之间、桌子底下、沙发后面爬来爬去。家里蟑螂和老鼠成灾，爸爸妈妈和叔叔下了鼠夹和毒药，所以有时候我能在那儿找到些死老鼠或者死蟑螂。我把他们收集起来，因为我想成为科学家。科学家就是这么做的。一周又一周，我能找到的老鼠越来越少，看来鼠夹起作用了。可是毒药却没能杀死蟑螂——它们只不过都跑到厨房去了。上周我正准备做一碗玉米片，刚倒出牛奶，一只拇指般大小的蟑螂就爬出来，冲向玉米片。

　　起居室的黄砖墙上挂了一溜画和照片。中间那张最醒目的画是一幅镶了镜框的中东织锦。它的色彩跟黄砖很协调，是用金褐色的织物织成的，使人想起家乡的沙土。织锦描绘了沙漠里骑在骆驼背上的贝都因人和一个喂小毛驴的妇女。织锦旁边是爸爸妈妈的结婚照。照片上的爸爸没有山羊胡子，这在我看来有点奇怪。因为我从来没有见过他没留山羊胡子的样子。照片上的他看起来像年轻时的美国演员西尔韦斯特·史泰龙，大鼻子、高颧骨、黑色的卷发。照片上的妈妈胖乎乎的，比现在胖多了。她浓妆艳抹，睫毛膏刷得又黑又浓，黑色面纱从头顶掠向脑后。他们说，当时为了看上去高些，她站在了两本电话簿上，白色婚纱刚好能遮住那两本书。爸爸妈妈见面没几周就结婚了。那时，爸爸二十一岁，很年轻；妈妈也是二十一岁，可看上去年纪挺大。他们结婚几周以后就怀上了比拉勒，一生下比拉勒就怀上了我，一生下我就又怀了个女孩。他们给她取了祖母的名字——尤切维德。第四个孩子叫璐璐，是三年后出生的。所以，我琢磨他们原本一定是希望先生个儿子，再生个女儿，然后再慢慢来。这一切完全是我自己瞎琢磨出来的，后来爸爸的话证明确实如此。他说："我这辈子最开心的日子就是你哥哥出生那天，这辈子第二开心的日子就是你妹妹出生那天。"

起居室里还有另外两幅照片。一幅挂在吧台那儿的墙上，是祖母尤切维德和祖父巴尼的照片。这张照片是人工合成的，本来他们俩没有合影，有人把他们各自的影像从两张不同的照片上剪下来拼在一起，配以白色背景复制而成的。这张照片看起来有点古怪，因为祖父在原来的照片中斜靠着一张桌子。照那张相时祖父母还在黎巴嫩。想当年，他们和十一个孩子睡在只有一间卧室的公寓里。"我们有的人要睡厨房，"父亲说，"就看你的运气怎样了。"十一个孩子中，有三个都只是得了小病却因为没钱医治而死在黎巴嫩。二十世纪七十年代，祖父母带着剩下的八个孩子移民到了澳大利亚。祖父先来，足足攒了两年钱才把全家都带过来。然而，一年以后，就在他和家人一起坐在起居室聊天时，心脏病突然发作，去世了。他是部族里第一个死在澳大利亚的人。

起居室另外一面墙上是艾胡德大伯的照片，镶嵌在一大块古铜色相框里。照片里，艾胡德大伯穿着叫作**嘎拉比亚**的黑色袍子，站在绛紫色的窗帘前。他一双眼睛盯着天花板——我想，也可能是看着神——手放在身体两侧。艾胡德大伯是爸爸几个兄弟中唯一一个不住在亚历山德里亚我们家房子里的人。他在圣彼得拥有自己的房子，和家人住在那里，但是差不多每天都带着一盒盒水果和蔬菜来看泰太。阿姆·艾胡德仿佛是众神之王下凡到人间。他来的时候穿着保罗衫，灰色的运动裤，脚上是凉鞋，但是我想象得出他赤膊站在山顶，劈开雷电的样子。单看他那宽宽的肩膀就知道，只要他集中意念，一挥手便能劈出掠过海洋的雷电。但是他不会集中意念，这就是他为什么没能当上族长的原因。部族里的人都嫉妒族长。族长指责艾胡德做事像逊尼派教徒。因为他不喝酒，还允许妻子穿的像个泼妇。爸爸说，族长背后叫艾胡德叛徒，指责他留长胡须，可是当面儿却对他谄笑，因为他们心里清楚，艾胡德大伯是部族里非常正直的人，不敢惹他。每次到清真寺，在神殿里看见艾胡德大伯对族长微笑，我就感到难过，他干吗不跟他们针锋相对呢？他把左手放在右侧胸口上，说："**萨拉姆 - 阿莱库姆 - 呀 - 阿克卯**。"意思是"兄弟，愿平安归于你。"他总是对我说，世界上没有一个地方的人比我们部族这些迷失方向、困惑不解的人们更需要平安。

　　起居室再向前，房子分成厨房和浴室。浴室只有一个出口。浴室门与前门和卧室门一样也是旧胶合板做的。浴室里总是有人，或者用洗手盆，或者用马桶，或者冲淋浴。有时，妈妈和泰太帮我们一个一个地在浴缸里洗澡。这时候，浴室里就会忙得关不上门。但是，浴室总是很干净，即便我们当中三四个人都感染了病毒不停地呕吐，浴室也像从来没有人用过似的洁净如新。那里只有洗衣粉的味道。天花板上、下水道周围或者小白瓷砖的缝隙间从来没有生过真菌。即使我们坐在马桶上，妈妈也会来清理。她就那么突然闯进来，看着我，嘴里发出"噗——"的一声，然后就走过来开始冲马桶。冲马桶的水直溅到我的屁股上，我向她摆手尖叫："出去！"她却手脚并用趴在地上擦起了地板。

我家的厨房也总是干净而忙碌。厨房没有门，进出通道是墙上的一个拱形门，跟迪斯尼电影《阿拉丁》里的一样。进入拱门，一张有细细金属腿的巨大桌子即在眼前，上面铺着"富美家"牌塑料饰板。另一侧是个深水槽和长长的水龙头，正上方是几个旧的木食厨。食厨里面，还有上面到处都是大大小小装着各种香料的罐子、炖锅和平底锅。泰太一天中大部分时间都在厨房里面准备食物，然后又在我们和她自己吃完后进行清理。有时，我坐在桌子上看着泰太做"阿筋"。为了做馕、比萨、饼和含馅烤面包，她不停地揉面，要揉一个小时。我仔细看着她那双僵硬的手在"阿筋"中揉来揉去，"阿筋"仿佛变成了她整个身体的延伸部分。好像她正在塑造一个小孩子。她的双手陷进去，抽出来，不停地揉搓。这时候，她的每根手指都好似长在面团上，一直到最后完成。她一边干活，一边说"阿筋"是神圣的。她给我讲故事，说从前有位母亲没有东西给小宝宝擦屁股，就干脆拿一片"阿筋"从孩子后背抹过去，于是受到了神的严厉惩罚。神就在她的眼前，把她的宝宝变成了黑猩猩。所以，你看看黑猩猩的屁股，总有一块像面团一样白花花的东西，那就是神在提醒我们——神总是在提醒我们——"阿筋"是神圣的。

穿过厨房，左边是一个小洗衣间，右边是后院。后院又小又窄，铺着水泥地面，一直铺到车库。爸爸在我出生前就搭建了车库，这是阿里叔叔告诉我的。车库刷成粉色，没有门，用一层石棉水泥板搭建而成。我问父亲为什么选择粉色？他说刚搬进来的时候，后院正巧有几桶粉色油漆，他就把它们利用了。从车库里面可以看到木质框架。里面有张床是我祖父的，还有一个旧橱柜用挂锁锁着。白天，有时候祖母会在车库里打个盹，有时候我们在这儿捉迷藏玩。而大多数时候，车库属于爸爸的弟弟——易卜拉欣叔叔。他来无影去无踪，但是通常晚上睡在里面。他的全部家当都放在用挂锁锁着的橱柜里，只有他才有那把锁的钥匙，他总把它带在身边。

我原以为易卜拉欣叔叔自个儿喜欢待在车库里，直到有一天发现，实际上是因为泰太不准他在夜晚走进房子里。又过了三年，我才弄清楚这到底是怎么回事。有一次，我发现了点线索。易卜拉欣叔叔把一个白颜色的小袋子扔到车库后面的下水道里。我问他里面是什么？他说："不能吃的棒棒糖。"他走了之后，我用一根小棍儿把那个袋子弄出来，打开看了看。里面是一枚小针头。我想这大概与不让易卜拉欣进屋有关，所以没把这件事告诉任何人。

易卜拉欣叔叔和爸爸一般高，长得也很像，只是有一点不同，爸爸留山羊胡子，易卜拉欣却总是把脸刮得干干净净。有时，我看见易卜拉欣叔叔在后院用一把能割断喉咙的剃刀刮脸，水装在冰激凌桶里。他的头向后仰着，剃刀从下巴那儿向下滑过喉结。每次一看到这儿我就害怕，因为我总以为他会一下子把那儿割开。其实，剃刀每次都像餐刀把黄油抹开那样滑过，一点儿危险也没有。他的脸即使刚刚刮过也很粗糙，太阳穴下面还有深深的褶痕。

爸爸说那是皱纹，我坚持认为那是剃刀划出来的。易卜拉欣叔叔是家里唯一离过婚的人。他的前妻是个黎巴嫩女人，基督徒，名叫纳瓦。他们相遇一年后，她就改信了伊斯兰教，但是皈依伊斯兰并不意味她会做出巨大改变。部族里的人很像基督徒。我们本该禁酒，可是大家都在喝；我们的妇女出门时本该包裹得严严实实，她们也不照做。其实纳瓦真正该做的只是不再吃猪肉。这也不难，因为从前大多数阿拉伯基督徒学校也都不吃猪肉。纳瓦离开易卜拉欣叔叔后又回归基督教。其实那之前，他就告诉我们，她已经再度投入基督的怀抱了。他说——他眼睛睁得老大，血丝像电流一样从瞳孔四射开来——他说："我揍她，因为她戴十字架。"泰太则说，恰恰相反，纳瓦戴十字架是因为他打她。

纳瓦和易卜拉欣有两个女儿，名叫夏娃和璐璐。姑娘们在胸前划着十字，异口同声地说："哇哈亚特-阿拉。"我有个小妹妹之所以叫璐璐，就是因为纳瓦带走两个女儿，伤透了泰太的心。泰太把妈妈和姑姑玛利安叫到身边，告诉她们，再生下女孩儿就叫那两个孩子的名字。结果，姑姑玛利安先生了个女孩，取名夏娃。后来，妈妈又生了个女孩，取名璐璐。我妹妹璐璐和堂姐璐璐惊人相似。她们俩都比同龄人矮，脖子和手腕都有点弯，像挂在绳子上的破布娃娃。她俩笑的时候也一样。一笑起来就肚子使劲儿，像胖小子似的发出咳儿咳儿声。这两个女孩儿最大的特点是头发比家族里其他人都长，都厚，而且更卷曲，颜色更深。这两个女孩坐在我面前，盘着腿看《芝麻街》，两个人的头发在身体一侧交织在一起，仿佛流到一起的瀑布，一直垂到地上，根本分不清哪缕是这个璐璐的，哪缕是那个璐璐的。

车库后面是洗衣机，我不明白为什么不把它放在洗衣房里，而是藏在车库后面，真是不可思议。院子尽头是一堵墙，墙上有个卷帘门，通常都是关着的。这扇门通向小巷，只是倒垃圾的时候才用到它。多数情况下我们在院子里玩耍，玩美式橄榄球或者踢足球。每次比赛都难分上下，双方比分都高得惊人，因为院子里根本踢不开球。小院狭窄，门柱就在我们身后，只要把球踢过守门员就能得分。一天晚上，我和哥哥玩一对一的足球赛，结果双方差不多都得了五百分。那院子小得可以站在自己的门柱边就一脚得分。我们玩的所有比赛都像打乒乓球，但是我们从来不玩乒乓球，我们玩手球。

院子左侧是一个室外楼梯，一直通到奥萨马叔叔家那一层。奥萨马叔叔是我爸爸的弟弟，他和他的妻子，还有三个孩子住在楼上。奥萨马总是用手指缠绕他的卷发。他抓一缕头发，把它缠在手指上，向上滑动，直到把头发拉直，然后手指再滑下来。爸爸说他这么做是因为他是"马基南"，一种神经病。我听见奥萨马叔叔在楼下冲着家人大喊大叫。声调很高，像被掐住了脖子的山羊。他冲谁都喊叫，天天喊叫。他是我见过的唯一敢对泰太大声喊叫的人。登上房子的二楼必须经过一楼，从前门进，经过走廊、起居室到厨房，然后从后门出来。为此，我们每天好几次都能看到奥萨马叔叔、他妻子和孩子。有一回，泰太坐在沙发上，一边捻着念珠，一边喃喃默诵《古兰经》。我坐在那儿玩我的乐高积木。这时，奥萨马叔叔风风火火地踏进起居室。他皮肤发红，不像被太阳晒出的那种红色，仿佛是血液沸腾了似的。泰太说：
"**希白克**？"意思是"你怎么了？"奥萨马叔叔停下脚步。"**疏 -
比德 - 玛尼**？！"他尖声叫道："你想从我这儿得到什么？！"
他"咚"的一声跪下，眼睛直盯着泰太。"你想要钱！"他一边说，
一边双手拍着大腿。"钱！钱！"然后迈开大步穿过厨房，直奔
楼梯。我能感觉到他踏在楼梯上的脚步声。那急促的响声仿佛代
替了我的心跳。此时我意识到，千万不能落到他的手里，否则就
完蛋了——要是奥萨马叔叔能伤害奶奶，那他谁都能伤害。

　　楼上二层是一层的缩小版。他们家浴室、厨房的位置也刚好
对应着我们家的浴室和厨房。另一侧也是两间卧室，同样的旧胶
合板房门。二楼中间是奥萨马叔叔家的起居室，墙上只有一幅图
画，是一件彩色织锦，描绘了两头牛顶架的样子。奥萨马叔叔的
三个女儿——宰纳卜、齐娜和扎赫拉共住一室，他和他妻子娜姐
住另一室。宰纳卜、齐娜和扎赫拉三姐妹长得就像俄罗斯套娃，
除了年龄大小与个子高矮成正比外，三个人看起来一模一样：牙
齿都长得歪歪扭扭，而且歪扭的角度都一样，都是下牙太多挤在
一起，上牙太少全是缝隙。宰纳卜、齐娜和扎赫拉三个人都具有
最接近我们家族的共同特征——长着金黄色的头发。事实上，是
浅褐色。不知道为什么，家里人对她们的金发总是议论纷纷。易
卜拉欣叔叔曾经对爸爸说因为奥萨马的妻子娜姐有外遇。"这是
什么意思？"我问。

　　"**司高特**！"父亲冲我说，意思是"闭嘴！"大人就是不喜
欢小孩子提问题。

我和兄妹们见到宰纳卜、齐娜和扎赫拉并不像见到其他堂兄妹那么兴奋，因为我们住得太近了。还记得娜姐分别怀她们三个时，我的感觉跟知道妈妈怀璐璐时一样——又要添一个新妹妹了。一想到这些女孩子是我的妹妹我就觉得恶心，所以我总是不理她们。有时候，我们可能一整天都在一个院子里玩，却彼此不说一句话。

现在二楼已经够拥挤的了，可是一年前，那里更糟糕。玛利安姑姑和她丈夫阿巴斯以及他们的女儿夏娃也住在那儿。两家人共享那两间房子。跟娜姐一样，玛利安的丈夫也是从黎巴嫩"进口"来的，但是我想玛利安并非被迫嫁给姑父。记得爸爸说，她离开我们，是因为太爱她的丈夫了。阿巴斯声称我爷爷在黎巴嫩有一小块地。他希望泰太找到它，卖掉，然后分给玛利安一部分。一天早晨，我和兄妹们被掀翻咖啡桌的声音惊醒，听见烟灰缸、盘子、杯子、勺子和水壶稀里哗啦摔落在地上的声音。我从床上跳起来，心怦怦地跳。我把头从半开的卧室门和门框之间的缝隙中探出去。比拉勒、尤切维德和璐璐也惊恐地凑过来。我看到泰太和妈妈坐在起居室的沙发上，还有另外一个人，我断定是阿里叔叔。爸爸站在那儿，我能看到他的侧影。他胳膊上的肌肉和血管都痉挛般地鼓起来，手指着二楼好像指着摩西和他的随从。"拉特！"他嚷道，"我爸的东西现在成了他们的了。她想要什么找她男人要去！"说完，他转过身。我们还没等他迈开两条腿，就急忙钻回被窝。接下来的三秒钟，我听见爸爸的靴子咚咚咚地踏在地板上，进了走廊，出了房门。然后，一切都安静下来。

我尝试着在脑海里拼出玛利安姑姑的形象，但这却使我现在怀疑她是否真的存在过。没人谈起她，影集里也没有她的照片，我甚至不记得她长什么样。关于玛利安姑姑，我唯一记得的是她离开"亚当之家"的样子——女儿坐在她面前的婴儿车里，丈夫站在她身后。我努力回想她当时的样子，只记得她站在他们中间，从头到脚罩在黑色的穆斯林长袍里。然后，她就走了。听说，我们在黎巴嫩根本就没有地。除了阿巴斯，别人谁都没提起过，也不知道那块地到底在哪儿或者值多少钱。我现在看到了那块地，它像阿巴斯梦里那块阿拉伯沙漠中的绿洲。有时候，我也梦见玛利安姑姑——一个看不到面孔的亲戚，她的脸庞被棕榈树、清泉水和色彩缤纷的水果遮挡着。

　　每次上楼，从阳台向下俯瞰，我能看见邻居提姆西的家。他一个人和四只狗生活。我父母和叔叔们说提姆西是个"玻璃"，意思是说他跟男人做爱。但是，他们有时候又说他是"玻璃"，因为他跟狗交媾。奥萨马叔叔告诉我们，他从自己卧室窗户那儿可以看到提姆西的起居室。他说他看见过提姆西看同性恋色情电影。听说我们住的这一带有很多"玻璃"。从我们住的地方沿马路向前走是叫"新村"的郊区。阿里叔叔告诉我说，那儿的人全是"玻璃"，他们从来不穿内裤。

　　"亚当之家"属于大家。我们上楼，他们下楼。我们不用敲门，也不说"劳驾"。谁也没有专属自己的座位或者抽屉。我们分享一切，后院、车库、房间、衣服、玩具和食物。我们也共用枕头和床单。要是有牙刷，我们可能也会共用。可是我们没有，我们把肥皂蹭在手指上刷牙。

"亚当之家"的日子就是我在自己家族血脉中过的日子——它将永远伴随着我。堂妹齐娜下楼找妈妈要了个三明治。妈妈也常常让我上楼找她妈妈要一个三明治。我讨厌这样。齐娜的妈妈每次给我三明治前都要自己先咬一口。我拿着三明治下楼，把它藏在车库里。第二天，它就没了，我想应该是易卜拉欣叔叔吃了。我从起居室里仔细看齐娜，她皮包骨头，像长着瘦小胳膊的雏菊，两条细长的腿像草根。再向上看，就是那个不成比例的黄色大脑袋。她六岁了，明年年初，我八岁的时候，她也还是六岁。

"能在里面放点酱吗？"齐娜对我妈妈说，声音很低。妈妈把一勺酱抹在一片黎巴嫩面包上，然后把面包卷起来，递给她。这也是我每天带到学校的午餐。我在亚历山德里亚公立学校上学。整个学校只有九个移民子弟，其中六个都是我们家的人：哥哥比拉勒，他跟白人孩子说他叫比尔；妹妹尤切维德，自个儿说她叫辛迪；妹妹璐璐，说她的名字读作"路路"；还有我堂妹宰纳卜和齐娜，她们说自己叫苏姗妮和苏西。我叫巴尼，随祖父的名字，但是我告诉白人孩子，我叫贝尼。我们那卷着面酱或者能多益巧克力酱的黎巴嫩面包卷让白人孩子看不懂。他们总问："是春卷吗？"他们说话时的口音好像声音是从鼻子后面发出来的。每次我都回答："是的。"因为对他们来说反正都一样。

今天是星期天。楼下除了妈妈在厨房，妹妹们在卧室，没有别人。比拉勒、尤切维德还有璐璐和我商量今天白天该谁在屋里玩。到了晚上，这屋就是大家伙的天下了。我堂姐夏娃和璐璐也在我们家的卧室里睡觉。纳瓦监管她们。但是，轮到易卜拉欣叔叔监管的时候，她们就跟我们在一起。她们俩比我们大几岁，会告诉我们接吻和做爱的事，还让我们看《飞越比佛利》。我从来不想承认，但是，我得说我喜欢看那玩意儿。我们的卧室很小，可是，不管挤进来多少人，我都不觉得它太拥挤。要是只有我一个人，我就害怕。我憎恨门被关紧的感觉。即使进浴室或者洗澡的时候，我也开着门。我总是依偎在我的兄妹和堂兄妹身边。晚上，若是堂兄妹们来睡觉，我们就成宿地聊天，直到太阳升起；若是只剩下我的兄妹和我，爸爸就给我们读祷告词，然后把《古兰经》给我保平安。

我不知道阿里叔叔今天在哪儿，但是他通常周末出去。他为"初级兔子队"效力，周日有比赛的时候，他也去。他们叫他"霹雳神腿"。爸爸、泰太和比拉勒去市场。他们在那儿卖二手货。多数是旧衣服和鞋子，也弄些其他的东西卖，比如户外椅、煤气灶、大锅，还有些干活儿用的工具。有时候，他还能弄到充气艇和气垫床，不过一般都有破洞。他也卖新货。他说卖新货比较轻松，因为不会有很多人来退货，但是要付出更多本钱，利润不大。所以他宁可先卖二手货。爸爸还收集了好多刀去卖。多数是厨房里用的刀。还有些小刀，有些是叫作"兰博""护卫者"和"猎人"这样的名牌猎刀。这三种刀都沉甸甸像砖一样，每一把都比我的手臂还长。爸爸去的市场叫"大卖场"，在利物浦。比拉勒只有八岁，比我年长一岁，可他总跟着爸爸去市场。他常说长大了，他要接管家族生意。每次从市场回来，比拉勒都会给我们讲几个新故事，讲爸爸又做成一笔很好的买卖。比如，有一次，他讲，有个越南小子走到摊位前，尖叫着："阿拉伯佬，这个艇多少钱？"爸爸说："一块五！"越南小子回了一句："一块八太贵了，我给你一块六！"于是爸爸说："没问题，兄弟，怎么都行！"结果，那家伙在钱包里掏来掏去只有一块四，爸爸还是给了他。"其实，那东西他一块二就会卖。"比拉勒说。

　　泰太也喜欢去市场。但是，爸爸不让她拆包和摆摊，他说那是男人的活儿。泰太只要晒着太阳，坐在卖水果的男人对面，整天看着那些刀，就心满意足了。我跟着爸爸去过几次市场，看到过泰太卖刀。她会说的英语不多，但是她知道这些刀的价钱，遇到乱砍价的人她也知道该怎么对付。有人若问："多少钱？"她就说："五十。"对方说："不行，太贵了，我给你四十！"她就说："一口价，四十五！"没等人家同意，她就替人家把刀包起来。那些刀原本应该卖给猎人或者渔夫，可是多数都被泰太卖给了那些还在为自己的"小鸡鸡"长不大而焦虑的十来岁的男孩们——这是阿里叔叔说的。家里可不准我说"小鸡鸡"这个词。如果我或者我的兄妹骂人，妈妈就会把红辣椒粉塞进我们嘴里。爸爸也常威胁说他也会这么干，可他总是干活干得太累了，于是干脆拿皮带揍我们。我们挨打的时候，挡在爸爸和我们之间的最后屏障就是奶奶。我们惊惶地跑到她背后，她向爸爸挥舞着巨大的手臂，把他推开，直到他退下去。他得听他妈妈的，就像我们必须听他的一样。我们藏在泰太身后还有一个原因。天冷的时候，我就坐在沙发上，挤在她身边取暖。她身体软软的像个硕大的、热乎乎的果冻。我们洗过的最舒服的澡都是她那双手帮着完成的。大多数夜晚，她让我的兄弟姐妹、堂兄妹还有我在浴室里排队，然后一个一个给我们洗。她穿着穆穆袍①坐在浴缸中的奶箱上，我坐在她两腿中间，水顺着我浓密的头发哗哗流下。她用僵硬的手指仔细地给我搓遍全身，我只觉得特别安适，特别干净。

我讨厌去市场，因为必须早晨四点就起床，这样才能赶在开市前到达那里。我唯一喜欢的就是那儿有鸡肉汉堡。泰太总提醒爸爸离开市场之前给我带个汉堡回家。他不愿意带，但是假如头一天晚上他用皮带打了我，第二天他就会感到自责，于是就破例给我带一个回来。多少回，爸爸都让我体会到他有多爱我。当我对他心烦意乱，一个人躺在床上盼着他回来的时候，他总会走进来，爬到我的被单里，趴在我耳朵上，悄悄说："你知道我最爱你。这就是为什么我总给你买书的原因！"他指的是杂志。但是，我俩谁都不知道这二者之间有什么区别。我从来都不确定他的话是真是假，可这已经足以使我回到起居室。

今天，易卜拉欣叔叔也不在家。其实，他根本就没让我们觉得他跟我们生活在一起。他独来独往，有时候把女儿们送回家里，然后三天不见踪影。回来后，把她们又送到她们妈妈那里。父母告诉我，易卜拉欣叔叔吸冰毒上了瘾。我不相信，因为家里没有谁为了什么原因吸过冰毒。一次，有个人带着枪到我家来找他。

---

① 一种色彩鲜艳的女式宽大长袍，最初为夏威夷女子所穿。

那人白皮肤，留着山羊胡子，秃头。他说："这枪是我自己造的，好用着呢！"显然，易卜拉欣叔叔欠他的钱。爸爸事后对叔叔大光其火。他让易卜拉欣离开这里，永远不要回来。结果，易卜拉欣叔叔还是回来了。无论事情多糟糕，爸爸总是原谅他，泰太也是。易卜拉欣一完事就会有个新女朋友。泰太禁止他带着女朋友穿堂入室，于是，他就走后面的卷帘门。有时候我从厨房门的锁眼里偷偷看易卜拉欣叔叔亲吻他的女朋友，那扇门就通向他睡觉的车库。那些姑娘都比他高，也比亚当之家的其他人高，或许，阿里叔叔除外。她们穿着黑色的高跟鞋，黑色的紧身迷你裙，紧身上衣，肩膀那里的衣带非常细，绕到后背系上，露出肉来。平时家里人告诉我的姐妹们，女人的身体是神圣的，绝对不许暴露出来。易卜拉欣的女人都是白种人。是的，除了这一次是个黑女人之外，总是白种人。而且，她们个个瘦骨嶙峋、皮包骨头，从锁孔望过去更是如此。我从锁孔里能看到这些女人脖子上的骨头，还能看到易卜拉欣叔叔双手搂着她们的腰。他的双手在黑种女人皮肤的映衬下显得很白，在白种女人皮肤映衬下显得黝黑。看到叔叔那双手的颜色，我情不自禁看了看自己那双手——这一看，吓了一跳。因为我这才意识到自己的手不是白色的，也不是和白色相反的颜色。这自然更糟。假如完全是相反的颜色，至少说明我是个什么样的人。换句话说，黑色虽然不如白色，但至少知道你是个黑人。

这想法让我特别难受，我不能再玩乐高积木了，因为我不想看见自个儿那双手。我又看了齐娜一眼。她还站在我妈妈身边，手里拿着三明治。星期天唯一待在家里的男人就是她爸爸——奥萨马叔叔。齐娜是他的三个女儿中的老二。宰纳卜是老大，七岁。扎赫拉还是个小婴儿，才三岁。我总听见奥萨马叔叔和娜姐婶婶说他们一直努力想再要个孩子。我觉得这很愚蠢，因为我总听见他们吵架。奥萨马叔叔脾气暴躁，娜姐婶婶还总跟他的兄弟姐妹说他是个干瘪、不中用的男人。这当然总会激怒他。那会儿，娜姐还怀着扎赫拉。有一天，她和两个女儿玩耍，奥萨马叔叔在一边打盹。大概十分钟后，我突然听见他尖叫起来，嚷嚷着说娜姐她们吵醒了他。爸爸和易卜拉欣叔叔赶过去想让他安静下来。我站在楼梯间，看着他们。只见奥萨马叔叔一脚踹过去，正踢在娜姐婶婶怀孕的肚子上。后来，我一直想，要不是爸爸和易卜拉欣叔叔拉着他，不知会是多么可怕的后果。奥萨马叔叔可真是幸运，扎赫拉生出来居然没有智力低下——不过，有时候我觉得她可能真的有点低能。她外表看起来很正常，可是三岁了还不会说话。她想要什么就用手指。奥萨马叔叔和娜姐说，在这种情况下，他们就一直不理她，希望这能让她明白，不开口说话就得不到想要的任何东西，可惜，这办法没能奏效。

我叔叔和婶婶是被迫在一起的。娜姐从黎巴嫩来到这里嫁给他之前，他们从来没有见过面。我们全家到机场接她那天，奥萨马叔叔看了她一眼，扭头就跑。"玛-比-滴-呀-哈！"他大叫，"我不想要她！"娜姐比他块头还大，又高又胖。爸爸大笑着说她走出飞机的时候好像肩膀上扛了袋猪油。娜姐的鼻子跟海豚似的，占据了她的整个脸。我总想拿她的鼻子开玩笑，可是爸爸说，信仰伊斯兰教的人，跟别人开玩笑的时候，一定要记住，拿人家鼻子开玩笑罪过最大。于是，我跟她说话的时候尽量不看她的鼻子，因为哪怕有不好的想法也是罪过。我集中注意力盯着她的脚看，这也会让我产生不好的想法。但是，这罪过小点。她始终只穿凉鞋，脚指甲整个是黄色的，顶端尖尖。我心里想，她或许不是真娜姐。或许，在黎巴嫩，真娜姐正奋力赶往机场的时候，被这个吉普赛人给杀了。然后，这人冒名顶替了她。对我来说，证据就是那些脚指甲。后来，我把这事告诉了妹妹尤切维德，她轻而易举就把我的理论给粉碎了。"一个吉普赛人干吗只是为了跟我们挤在一起住，就去杀人？"她反问道。

齐娜拿着三明治走进起居室，坐到我旁边的地板上。我开着电视，可是没看。我家电视很旧，一个大木头盒子上面安了四个腿儿。我问过爸爸，能不能买个新的？他却说："我小时候还光着脚上学呢！"

我在地毯上玩乐高。大概一年前，妈妈和娜姐给我们这些孩子们买了两盒乐高玩具。我不相信齐娜，因为每次上楼，总看见她们的积木块比我的多。我怀疑她们一直偷偷地从我的盒子里拿。我实在受不了这三个乳臭未干的小东西。我父母总说将来我哥哥比拉勒要娶宰纳卜，我要娶齐娜，但是我知道我还有很多时间劝爸妈放弃这个想法。

今天，我正在用我的乐高组装"恐龙战队"，积木在地毯上散落得到处都是。地毯旧了，非常光滑，颜色像孔雀羽毛。有几处漩涡图案像黑褐色的眼睛被紫色和蓝色的波浪围绕着。我累的时候就坐在那儿盯着它们看。只要看一会儿，就觉得它变成漩涡把我往里面吸。我把恐龙战队的腿和身体安装好了，数着地上剩下的十二块乐高积木，开始组装胳膊。我应该刚好有足够的积木把它安装完毕。要是安好了，就到院子里给我的恐龙战队搭建一个小堡垒来打仗。我觉得齐娜看着我，但是我不理她。"我能玩吗？"她问。

"不行！"我回答道，"我爸妈总说我长大后得娶你，我可不干。"

我装完一个胳膊，然后开始收集装第二个胳膊的积木。齐娜冲我皱着眉头。我能听见她的小歪牙磨来磨去，咬着手里那个已经不再新鲜的黎巴嫩面包和面酱。"我还不想嫁给你呢！"她说着就转身走了。我抬头看着她慢慢向厨房走去。再回过头看我的乐高时，发现我的积木不够组装恐龙战队的脑袋了。我在孔雀地毯上找了一圈，又快速从胳膊上卸下两块安在身上，看是不是我数错了。结果证明我没数错。没有组装头部的积木了。我知道我本来有足够积木的，我以前组装过同样的模型。我盯着齐娜。她晃晃悠悠漫不经心地要从厨房后门走出去。"嘿！"我大声喊着向她跑去。跑到上二楼的第三个台阶时，我赶上了她。"别走！我的乐高呢？"

"我不知道。"她轻声说。我看出她害怕了。我比她高几英寸。我低头看着她的大脑袋和瘦小的身子。阳光照在她的头发上，这会儿我明白为什么妈妈说她长着金色的头发了。她看起来像是从我两脚之间的泥土里长出来的。其实，我本该觉得她很可爱，可是我讨厌她和她的姐妹拿我的乐高。她穿着粉色的 T 恤衫，上面有张笑脸，下身是条宽松的牛仔裤。她抬头看着我，眼睛睁得大大的，下唇包着上唇，慢慢地眨着眼睛，眼睫毛宛若挡风玻璃刷。我把手伸进她的口袋。她似乎并不介意我的手伸到她的裤子里。我掏出我的乐高积木，和她对视着。她一句话也没说，我也没对她说一句话。可是她转身要走的时候，我猛地伸出右手朝她的鼻子打了一拳。不偏不倚，正好打在鼻梁上。这一拳其实没有那么重，我知道不会把她打出血，但是可能很痛。她愣愣地瞪着我看了一秒钟，然后一张小脸在尖叫声中皱成了一团。她扔了三明治，转身跑上楼梯。

我返回厨房，妈妈正在准备晚餐。爸爸和泰太到家时一定又累又饿。或许，爸爸心情也不好，因为今天天气太热了。利物浦的室外热得像在沙漠里一般。我跑向我的恐龙战队，迅速用最后一块积木安好头部，然后跑回我的房间。刚进卧室，就听见楼上传来说话声。两个妹妹正在床上玩，听见我进来，都转过头看着我。"快点，出去！"我说。

我钻到床底下，往最里面那个角落爬的时候，弄掉了"恐龙战队"的胳膊，不得不重新安上。床很旧，离地面很低，几乎什么都看不到。我回转身，望着门口的地板，看见妹妹们的脚从床上滑下，走出房间，门在她们身后关上。我不知道自己一个人在房门紧闭的屋子里能撑多久，时间长了非疯掉不可。这时，我听见奥萨马叔叔的声音。他像一只张大嘴喘着粗气的山羊，朝妈妈大声嘶喊："他在哪儿？"

"谁啊?"我听到妈妈问, "你找谁?"

"你家那个兔崽子! 他人呢?"

"你要干吗? 怎么回事儿?"

"他妈的, 他打我闺女!"

我听见他的脚步声朝这边走来, 心怦怦直跳。卧室门被推开了, 我看见奥萨马叔叔的两只脚猛冲进来。他脚上穿着爸爸给的旧皮靴。我觉得他一定在四处张望, 便屏住呼吸, 尽量不弄出动静。妈妈那双穿着皮凉鞋的脚向他的脚走去。"别嚷嚷,"她说, "他还是个孩子。"

"他在哪儿? 我要宰了这个小混蛋!"

"这儿没人和你打架,"我妈妈说, "玛 - 非 - 哈哒 - 呀 - 豪尼 - 阿克!"

"他人呢?"奥萨马叫喊着。

"这儿没人。回楼上去, 这儿没男人, 没人跟你打架。"

奥萨马转身出去了, 但我还能听到他一路大喊大叫穿过客厅、厨房, 到了院子里。"叫你男人去,"他冲着妈妈喊, "叫他来。我要跟你男人打架。把你男人叫来。"

"亚当之家"在奥萨马叔叔的尖叫声中颤抖。那咆哮声在走廊回荡, 贯穿了我的整个童年; 那声音在他怀孕的妻子子宫里滚动, 肆无忌惮。他朝泰太大声叫喊, 那一刻, 我看着泰太的眼睛, 瞥见了我生命的源头。她的瞳仁仿佛变成沙漏。沙子流过沙漏的时候, 一次只流下一粒。然后, 好像她让时间停下脚步, 沙子不再流动。她可以看穿我的灵魂, 提醒我, 所有这一切都源于她。

孩子永远不可能比他们的创造者更强大。她金黄色的皮肤就在我眼前变了颜色，仿佛体内的血液已变成青色，向表面流动。那一天，那一刻，就在她拨着念珠，念诵《古兰经》的时候，我对她说，夜里我经常从锁孔里偷看易卜拉欣叔叔。她问我看到了什么？我对她说，看到了他的手，看到了那双和我父亲一样，也和我一样的手。我对她说，我为易卜拉欣那双手曾经做过的事情感到羞愧，也为自己这双什么也没有做过的手羞愧。这双手既不是黑色的也不是白色的，没有任何关于我和祖先的信息。她拿起我的手——一双柔弱无力的手——掌心朝上放在她的手心里。在我眼里，这双手就像婴儿的手，没有皱纹，没有水泡，没有疤痕，没有老茧，没有刀伤，什么岁月的痕迹也没有。泰太用阿拉伯语说："啊，我知道这样的手。"她边说边指着我以前从来没有注意过的手纹。她说，在阿拉伯语里面，左手的手纹像"八一"，右手的手纹像"一八"，加起来是九十九——真主的九十九个称谓。多少次我爬到她的背上，让她挡住追赶着要打我的父亲。多少次我坐在她两腿之间，让她给我洗澡。但这是我长这么大与她距离最近的一次。凝望着她的瞳孔，她的瞳仁变得那么清澈，闪烁着两个小白点儿。我看着这两个"沙漏"，里面不再是一粒粒沙子，而是一片浩瀚的沙漠。那时候，我才七岁，但当时的情景总是历历在目。我说："泰太，告诉我，我是什么做成的？"她又现出没牙老太太那种特有的微笑，皮肤又闪耀着金色，用我们老祖宗的语言说："哦，你是从爷爷那儿来的，巴尼。你爷爷是石头做成的。"

尤切维德的子孙

那时候，我才九岁，但当时的情景总是历历在目。我躲在房间里等着爸爸来。他爬上我的床，对着我的耳朵低语："你知道，我最爱你了。"我想忍住不笑，可没有做到。接着，爸爸把我的兄妹们都叫来，告诉大家，今天晚上所有人都要待在卧室里，因为祖拜达将首次登门。祖拜达是阿里叔叔要娶的女人。她是妈妈的表妹。她妈妈代表她提出要求，希望我们家宴请他们并送上首饰、糖果、鲜花和衣服作为聘礼。她要什么就能得到什么。对她们提出的要求，我的奶奶——泰太总是回答："因沙拉赫……因沙拉赫……因沙拉赫……"因沙拉赫意思就是"如果这是阿拉意愿！"我们部族里的人提到什么都喜欢说这句话。比如假若法蒂玛问："明天你们能来吗？"泰太就回答："因沙拉赫。"有一次我问爸爸我们能不能去看复活节表演？他就说："因沙拉赫。"我说："不，别对我说因沙拉赫——你就说，行还是不行？"

爸爸语塞了。"哦，我们从来都是除了说因沙拉赫不说别的，懂吗？"

我当然懂。对孩子说因沙拉赫，意思就是"不行"；对祖拜达说因沙拉赫，就是"行"。

跟兄妹们在卧室里的时候，我想起这几个月来我们到祖拜达家的情形。她住在厄尔伍德，从亚历山德里亚我们住的地方开车到那里大约十五分钟。我们一到，阿里叔叔和祖拜达就径直走开，找地方独处去了。他们可以去祖拜达的卧室里坐坐，以增进彼此间的了解。我一直猜想着他们在那里干吗？我想象他们只是聊聊以后如何生活在一起，或许讨论将来打算住在哪里，生几个孩子；

阿里要找个什么样的工作养活祖拜达；祖拜达会为下班回家的阿里叔叔准备什么饭菜。接下来我顽皮的一面就露馅了，我想象着他们怎样——相互爱抚，甚至做爱，而此时，他们的父母就在楼下等着他们。虽然我明明知道并不是这么回事。祖拜达和阿里必须在结婚前保持贞洁。堂哥哈姆扎比我大三岁，他说过，有性生活之前，人人都是处子之身。"然后，你插进去，女人那个东西就破了。她会流血。于是，你就再也不是处男了。"他就是这么说的。这跟我在电视上看到的完全不一样。看电视的时候，如果出现那样的画面，爸爸妈妈总让我们闭起眼睛。但是，只要有机会我就偷看。在现实生活中，性听起来有些恶心。我不想把女人弄出血，我也不想让血沾到自己身上。令人困惑不解的是，即使我当时只有九岁，我也知道总有一天我会有性生活，而且我一定想要。我知道阿里和祖拜达也这么想。

祖拜达和阿里坐在她房间里说话的时候，爸爸、妈妈还有泰太和祖拜达的爸爸哈桑以及她妈妈法蒂玛坐在楼下喝咖啡，吃巴克拉瓦甜饼。我们家人总是带巴克拉瓦甜饼来。我猜这是部族的某种惯例。有一次，我们全家去祖拜达家之前，爸爸带我去位于达利奇希尔一家黎巴嫩人开的甜点屋，花五十块钱买了那种叫作**子奴德艾尔希特**——"纤纤玉臂"的甜点。他看了看我，微笑着说："**贝克 - 瑞赫**，将来你结婚时，你不能空着手去老丈人家吧？"

"因沙拉赫。"我说。

我和兄妹们去过祖拜达家好几次，却没有见过祖拜达。大人不让我们进她家房门，只能跟祖拜达大约十九岁的二哥伊萨在外面的水泥地上玩。祖拜达还有一个大哥叫穆萨，他总不在家。妈妈告诉我穆萨二十二岁，是打"拳击"的。后来，我从阿里叔叔那里得知，她的意思是说，他是个职业跆拳道手。

我和哥哥比拉勒都不介意在外面玩，因为伊萨有个投篮筐，而且那房子建在山上，从院子里可以看到非常美丽的城市风景。可是，尤切维德和璐璐就只能坐在那里看着我们玩。

伊萨不吝时间地陪着我们。我和比拉勒不过是小屁孩儿，可是每次我们过去，他都陪我们玩儿。我想我们这么喜欢他就是因为有一回他帮了我们，我们才没有受到表姐豪达的欺负。豪达是我妈妈的外甥女。她妈妈和我妈妈是姐妹。我妈妈有四个姐妹，都住在墨尔本，还有妈妈的六个兄弟以及她的父母。我们家十来岁的男孩子都对豪达非常好，因为大伙觉得她很酷。不过，我认为他们的意思是说她瘦得皮包骨。她的脸像个西红柿，粉红的脸颊胖嘟嘟的。实际上，她长得很像我妈妈。有一次豪达和她的父母来访，她一进家就取笑我们，因为卧室太小了。在墨尔本，我的表兄妹们也没有多少钱，但是他们的房子大，卧室多，每个房间里的人也少。阿里叔叔告诉我，墨尔本的东西便宜，天气冷，一点儿也不好，尤其妈妈娘家人住的那个地方，比如海德堡和科堡。豪达坐在我家起居室的沙发上，穿着紧身牛仔裤，翘着二郎腿，直盯盯地看着我和比拉勒，说："你们家的房子可真大呀！你知道，可真是个大房子。"她回转头看着伊萨。伊萨也是那天晚上和父母来串门的。豪达冲着他得意洋洋地笑着。一般来说，比我们年长的男性表亲在豪达笑话别人的时候都会陪着假笑，但是这一次，伊萨面对她没有畏缩。他说："哦，你这张大嘴巴可真能吸吮个大鸡巴。"她立刻就闭嘴了。我和比拉勒为这事笑了好几天。

伊萨和我们一起玩的时候很高兴，但他对和我的妹妹们一起消磨时光并不真的感兴趣。有时当我们在笨手笨脚地玩篮球，会看见尤切维德要把璐璐赶到屋里去。我听见璐璐小声说："不，别！"但是尤切维德不理她。我想她一定恨死璐璐，因为大人总是要她照顾小璐璐。尽管尤切维德也是个女孩，但是那时候她对男孩女孩还没有什么概念，仍然处于只要年龄差不多就喜欢一起玩的阶段。我俩只差一岁，她跑起来和我与比拉勒一样快。我们玩的游戏她也都会玩。所以，凭什么总让她和比自己小三岁的孩子一起玩？就因为她是个女孩？如果爸爸看到这情况，只需瞪她一眼，她就得老老实实去看妹妹。可有时候是泰太先发现。泰太就会把尤切维德叫过去，让她坐在大腿上，好言相劝。尤切维德和奶奶特别亲。我早晨醒来后踱到起居室，常常看到泰太在沙发上睡着，尤切维德紧挨着她，挤在她身边的缝隙里。泰太的腿疼起来的时候，尤切维德就连续几个小时一动不动坐在她的腿上，好让她舒服些。可是我呢，哪怕电视就在眼前开着，也不能像她那样老老实实坐上哪怕几分钟。

一旦尤切维德坐到泰太的大腿上，别人就不敢动她。爸爸或许会用眼睛瞪她，让她知道他不高兴，但也不能做出任何违背自个儿母亲意愿的事情，就像我们不能拗着他一样。我非常惊讶尤切维德怎么会想出这个高招，同时也为璐璐难过。小东西一个人孤零零地坐在那儿，像家里养的宠物。

在祖拜达家一待就是几个小时。每次我们去，也总会有别人跟着来，像艾胡德大伯和他妻子，或者奥萨马叔叔和他妻子。有时候，易卜拉欣叔叔和他的两个女儿也会来。我和我的兄妹们每次都要跟着去，因为妈妈、爸爸、泰太和阿里——所有和我们一起住在楼下、照看我们的人都要来这里。有一次我问爸爸，为什么不让阿里叔叔一个人去呢？他看我的眼神就好像我把《古兰经》给撕掉几页似的。"因为我们不是澳大利亚人，"他说，"我们要把人家姑娘从她父母那里带走，就要拿出实际行动给人家看，让他们知道我们会好好照顾她。"

阿里叔叔和祖拜达聊完了就会下楼。然后我父母起身，我们再一起走。从父母站起身到开车离开，还需要三十五分钟。首先，祖拜达的爸爸哈桑和我爸爸要站在起居室里聊一会儿。爸爸看起来像只肌肉紧绷的猛禽，仿佛一下子就能把哈桑的肠子拽出来——他的鼻子和下巴像猪嘴一样向前凸起。两手十字交叉背在身后，肩膀耸起，就像上面放了两个西红柿。哈桑一边对我们部族大发议论，一边两手前后摆动。他说："人们都在淡忘那条真正的道路。"爸爸点头。他们边说边走到门口。哈桑又喋喋不休讲起年轻人。他说："澳大利亚长大的孩子没有一个懂礼貌的。"他用手摸着脸颊，朝外面指了指，似乎在说我们这些孩子全都应该从这里消失。此时，阿里叔叔和泰太已经坐着阿里的车走了，剩下的人——我和比拉勒、尤切维德、璐璐还有妈妈却坐在车里等爸爸和哈桑边聊边慢慢穿过大街，向汽车这边走来。哈桑大腹便便，走起路来腆着肚子。他皮肤呈褐色，黑暗中几乎看不清楚他。他伸出手，五指分开，说："五百人！我们会有五百人！"
爸爸回答道："**因沙拉赫**。"最后，爸爸上车，哈桑站在门边。
爸爸摇下车窗，一边把手放在方向盘上，一边再聊点别的。他说
婚礼那天哈桑看起来会像国王一样威严。"国王？"哈桑大声说。
他向后仰着头，说："王子！是王子！"他用两只毛茸茸的手托
着肚子，哈哈大笑。他的笑声特别大，传遍了整条街道。爸爸和
哈桑没完没了地聊，我们这些人只能坐在后排座位上茫然失神地
望着夜空。我皱着眉头瞪着哈桑，希望他能明白我的意思，可他
根本没反应。我瞪了他许久，发现他的手——其实是他的胳膊和
肚子，还有他的大圆脸不成比例。两条胳膊就像臃肿的树干上垂
下的树枝。我哥哥喜欢这个人。每次我们到他家，哈桑都会问他：
"生活中仅有的两件事是什么？"比拉勒就重复哈桑教他说的话：
"食物和女人。"我们连续四次去他家，这一问一答重复了四次。
直到后来我哥哥说："你漏掉一样。"哈桑一脸疑惑地看着他。
比拉勒说："食物、女人和——酒。"从此，祖拜达的父亲就喜
欢上比拉勒了。

终于，爸爸发动了汽车，我们离开了。可是我们知道，几天
后还要再来。

然而，今天晚上有些不同。我们不必去祖拜达家，她终于要
来我们家里了。比拉勒、尤切维德、璐璐和我都挤在门口。我们
把门拉开一条小缝，悄悄向外张望。我们都听说祖拜达长得很美，
所以都想看看她。这时，响起了重重的敲门声。紧接着，一阵骚动。
后来，我们听见她和阿里叔叔走进来。比拉勒先看见了她。我从

他的肩膀上方望过去，看见她脚步轻轻，穿过走廊，像黑色的幽灵，肥大的屁股和瘦长的背影一闪即逝。她走过时，我在比拉勒背后跳起来，瞥见了从她的肩膀到头顶的秀发。她个子很高，一头金黄色的秀发随着身体摆动。她转过屋角进入起居室。我觉得她像洗发香波广告里的女郎，接下去就会向我们回眸一笑。可是，她却消失不见了。接着，阿里叔叔也快步走过。他个子很高，身影像一堵走廊里移动的墙，完全遮住了整个门缝，我们什么也看不见。但听得出他的脚步声和呼吸声，感觉得到他跟着祖拜达进去了。比拉勒急忙关好门，以免被捉住。"她可是个火辣辣的模特啊！"比拉勒小声对我们说，"她可真是个火辣辣的模特啊！"我们都压低嗓门儿笑了。我们听见爸爸、妈妈和泰太以及娜姐婶婶、奥萨马叔叔、易卜拉欣叔叔、艾胡德大伯、阿里和祖拜达他们说话，他们彼此用阿拉伯语和英语交替着大声讲话。奶奶的嗓门最大。她对祖拜达说："贝特-雅尼。"意思是"她真漂亮。"大家你一言我一语，对祖拜达的裙子、头发和身材大加赞美。然后，哈哈大笑，笑得最响、最多的当然是阿里叔叔。我听到爸爸不停地说因沙拉赫、因沙拉赫、因沙拉赫。接着，奥萨马叔叔扯开大嗓门儿，似乎想盖过别人的声音。他仿佛在喊叫，就像羊被卡住了脖子。他不停地说："那件紫色的更好，与其他紫色正相配。"也不知道他在跟谁说这些话。我实在想不出他提到的是家里哪件紫色的东西。或许他就是在自言自语。我见过他一个人在院子里绕圈子，一边自说自话，一边用手指卷着头发。我还听见易卜拉欣叔叔也在起居室里，说起话来语速极快，带着阿拉伯口音。真搞不懂他的口音为什么这么重？他还是个小男孩儿的时候就已经来澳大利亚生活。每当其他人沉默下来，就能听到艾胡德大伯柔和的声音。他讲一口流利的阿拉伯语，总想引起大家的注意。我听见他说"**胡姆嗒拉赫**"的时候就像嘴唇上沾了蜂蜜一样。这话的意思是"感谢阿拉！"人们祈求真主保佑自己和身边的亲人时就说这句话。祖拜达一坐定，摆放杯盘碟碗时弄出的叮叮当当的声音就响起来。我听见妈妈和娜姐问客人："**阿 - 维**还是**首 - 矣**？"意思是"咖啡还是茶？"大约半小时后，祖拜达的父母到了。他们的到来以她爸爸一出现在门口就响起莫名其妙地大笑声为标志。部族的人开始筹划即将举行的婚礼了。

婚礼在祖拜达和她父母到访仅仅两个月之后就举行了。我从来没有参加过婚礼，不知道会是什么样子，就问爸爸："婚礼会非常盛大吗？"爸爸没有看我的眼睛，只是盯着电视，答了一句"是的。"他正在看《阴阳魔界》，他说这使他想起自己还是个小男孩时跟他爸爸一起看电视的情景。

"会有多大？"我问。

"非常大。"他说，眼睛还盯着电视。

"大家都会来吗？"

"是的。"

"我们家所有人？"

"是的。"

"祖拜达家所有人？"

"是的。"

"妈妈家的人也会从墨尔本赶来吗？"

"是的。"

"清真寺里的人也会来吗？"

"是的。"

"也允许基督徒来？"我问，想起街角商店的老板。

"是的。"爸爸回答道。

"那么沙迪和丽玛也可以？"

"是的，是的。"

我等了一会儿，眼睛一直盯着爸爸，他连一眼都不肯看我。最后，我问："玛利安姑姑也会来吗？"爸爸的目光从电视转移到我身上。"不！"他说。

"为什么不来？"我问。

"因为她恨我。"

他的声音在空气中回荡。他又转头看电视，脸上毫无表情。

婚礼前的那天爸爸给我和比拉勒各买了一套小西服和领结。妈妈帮我们穿上衣服。尤切维德和璐璐都穿着像新娘礼服一样的白色裙子。这是令人兴奋的一天，但是对我和我的兄妹来说却不是令人愉快的一天。婚礼后我们都将搬到拉肯巴①。泰太把亚历山德里亚的房子卖掉，把钱分给了几个儿子——只给儿子。女儿们一分钱也得不到，因为供养女人是丈夫应当担负的责任。我现在

---

① 悉尼西南部小镇，距悉尼市中心十五公里。

才明白，玛利安姑姑正是因为这件事情才离开家的。或许她丈夫也想分得一杯羹，但是泰太和爸爸绝不可能让这种事情发生。

爸爸在拉肯巴已经有了一座房子。阿里叔叔和奥萨马叔叔也正用卖掉亚历山德里亚那座房子的钱在拉肯巴买房子。我早就知道爸爸在那儿有座房子，只是从未想过我们会搬过去住下。原以为我们会永远在亚历山德里亚住下去，但是这个家族变得太大了。既然阿里叔叔结婚了，很快也会有自己的孩子。我还听说娜姐婶婶又怀孕了。我问爸爸："可是，'亚当之家'怎么办？"他大笑着说："'巴特亚当'不是在砖墙里，是在血液里。"

爸爸的姐姐雅思明也是我们搬到拉肯巴的一个原因。大概五年前，雅思明的丈夫哈伦告诉爸爸说他们住的那条街有人卖房子，于是我们就去了。亚历山德里亚公立学校的孩子们跟我说过，拉肯巴有很多黎巴嫩人。"从哪儿来，就该回哪儿去。"马修·福布斯说。他管这地方叫"黎巴-肯巴。"

"可我不是黎巴嫩人。"我说。

"你是沙漠黑奴。"马修说。

"可我不是黑人。"我说。

我和哥哥坐在房间里整理鞋带。我穿着跟西服搭配的黑皮鞋，起身向起居室走去，看见到处都闪耀着假钻石反射的光芒。泰太穿了一件紫色的大裙子，衣领那里镶嵌了一圈假钻石。娜姐婶婶穿一件浅蓝色的裙子，袖子和腰部镶嵌了假钻石。妈妈穿一件金色的裙子，宽宽的垫肩，从上到下嵌满了假钻石。我从未见过妈妈像今天这样满脸笑容，见谁都笑。易卜拉欣叔叔和奥萨马叔叔都穿着白衬衣和黑裤子。易卜拉欣叔叔穿的衬衣是短袖的。他用发胶将长长的直发向后梳理得异常光滑。他还新刮了胡子，但残留的黑胡碴仍然遍布脸的两侧、下巴和喉咙。他的脸颊和下巴瘦削，看起来仿佛在做吸气的动作。整张脸因为刮了胡子精神焕发，并且散发着烟草和威士忌混合的气味。平时他看上去老气横秋，可是因为刮了脸，涂了发胶，脸上的皱纹像刀疤一样闪着光亮，尤其是面颊两侧那些顺着太阳穴向下爬的皱纹。易卜拉欣叔叔一直努力克制着自己。他低眉顺眼，青筋毕现的双臂紧贴着身体两侧，像个在学校玩火的九岁小男孩担心被人发现，正尽量不引起别人的注意。他慢悠悠地说："呕-比-沙赫-拉克。"意思是"整理一下你的头发。"话一出口，语速又变得飞快。奥萨马叔叔头发又浓又密，像《瘪四与大头蛋》中的瘪四。他用手指缠绕着头发，对易卜拉欣叔叔说："要是我整理完头发，就不能再动它了。"奥萨马叔叔缠绕头发的动作让我想起给大象梳理皮毛的鸟。他的两个手指像鸟喙一般，拉起头发，卷起来，再松开。自从卖掉了房子，奥萨马叔叔越来越频繁地用手指缠绕他的头发。奥萨马叔叔的孩子宰纳卜、齐娜和扎赫拉也参加了婚礼，她们穿着跟我妹妹一样的小白裙子。

四点钟的时候摄影师来到我们家，拍摄婚礼前的情景。他刚从祖拜达家那边过来，拍摄完女方家忙忙碌碌做着的同样的事情。我想，祖拜达家一定和我们家一样，到处是假钻石、垫肩和麝香味的香水。女人们的发型都像美杜莎，每个人的头上都别着一百来个发夹好让头发以一百种不同的样式向上竖起。所有男人都梳理成一种发式，直接向后梳，然后用发胶完成下面的工作：如果头发天生直顺，那么就让它像易卜拉欣叔叔的那般光滑；如果天生卷曲，那么就让它像我父亲的头发那样打着卷儿。

摄影师要求爸爸妈妈和泰太一起站在通向厨房的门旁。他说他喜欢那个拱形门。他说起话来阿拉伯口音浓重，而且喜欢用口头禅。"噢，是的，非常好！"他边拍边说。我觉得一名摄影师为了尽量拍出好照片应该做出一副大惊小怪、精神头十足的样子，可是这个人却像《星球大战》里赫特人贾巴①一样。他像块褐色的面团，拍照片时只有两个姿势：站起来照相，坐下休息。人家别的摄影师都是走来走去抓拍家里人的活动，可他不同，照来照去，只懂得把大伙儿叫到他那儿去拍。我父母站在泰太身边从拱门下走进来，三个人全都昂头挺胸，咧着嘴。摄影师先摆出第一个姿势——站起来照相。他手持相机拍了几张，然后，"进入"第二个姿势——蹲下休息。照完了就说："好的，下一位。"易卜拉欣叔叔和娜姐婶婶还有奥萨马叔叔都站到泰太身边。"噢，非——常性感的一家人。"摄影师说，又摆出第一个姿势。我叔叔和婶婶咧开嘴笑，娜姐脸上的笑容尤其让人讨厌。她是镜头里最高的人，穿着笨重的高跟鞋，头发像玛姬·辛普森，涂着厚厚的唇膏，好像抹了鲜血一般，让人一眼就看见她那凹凸不平的下嘴唇。她上唇很薄，中间凹陷下去，像个屁沟。娜姐还想让上嘴唇看上去厚实一些，就在嘴唇外侧多涂了些唇膏，看上去活像妓女。易卜

---

① 科幻电影《星球大战》中的怪物。

拉欣叔叔说过这样一句话："尤其是她笑起来的时候。"那笑容使她鼻子歪斜。奥萨马叔叔像个傻瓜似的站在她身边，比她矮了足足一头。他站在那儿看着照相机镜头，仿佛那是一眼深不见底的井。他用手指缠绕着头发，等拍照结束。此时，他已经不知心在何处了。我想起，一直以来他在我心目中的形象——爸爸的小兄弟——似乎总是心不在焉的样子。真不知道他在外面院子里绕着圈子自言自语的时候，在想些什么？爸爸有时在厨房那儿看着他，然后，低下头看着我，叹一口气，打个冷战，用手指着二楼。娜姐正在那儿如鸟儿般唱着歌，爸爸小声说："**海第，贾恁投**。"意思是"那女人快把他逼疯了。"

"巴尼，"妈妈对我说，"跟哥哥和妹妹们也来留个影。"

摄影师转向我妈妈，摇着头，说："不行，祖拜达不希望镜头里出现小孩。"

尤切维德听了满脸不高兴。摄影师盯着妈妈看的时候，她跑到泰太那儿，站在她身边。"比拉勒，"她喊道，"来！来！"我和哥哥跑过去，站在泰太面前。我觉得泰太轻轻地把手放在我肩上，对摄影师说，"**叟 - 喔，叟 - 喔**！"意思是"拍！拍！"摄影师咬着嘴唇，眼睛向摄像机的镜头盯着看了几秒。今天他不想惹我奶奶，即使是为了新娘。

雅思明姑姑和阿米娜姑姑走了进来。她们是爸爸的姐姐。两个人都穿着红色尼龙裙。裙子的衣口到袖口都缀满了黑白两色珠子，裙摆一直拖到地面，袖子垂到胳膊肘。裙子紧紧地绷在身上，大奶子被牢牢地箍住。裙子到屁股那儿才开始宽松一些。因为她们的腰部像衣服架子一样，所以面料在胯骨那儿还紧贴着身体。我对尤切维德小声说，她们穿着一样的裙子。"不，"她说，"妈妈告诉我，一个穿的是紫红色，另一个是褐红色。你看不出来吗？"我又盯着那裙子看了看。不，我真的看不出来。"她们穿的裙子是一模一样。"我又趴在尤切维德的耳朵旁边悄声说。姑姑们仿佛都"浸泡"在化妆品里。涂着红红的唇膏，抹着厚厚的面霜，眼睛还刷着黑色睫毛膏。雅思明姑姑是住在拉肯巴的那位，我们家也要搬过去住了。阿米娜姑姑住在利物浦的公寓里。跟着她们进屋的是阿米娜的儿子哈姆扎和雅思明的女儿穆娜。他们一出现，我就感到一股精气神儿蹿遍全身，真想跑过马路到亚历山德里亚公园，在树下荡秋千。我的姑表兄妹对我就会产生这么大的影响。我们既是兄妹又是朋友，可以彼此照顾，不必担心将来有一天会被抛弃或者背叛。我们大多数孩子都上学，在亚历山德里亚学校上学的有三四个，这就是我最大的优势。我有几百个姑表兄妹，简直是一个天然的军团。哈姆扎和穆娜体现出这个军团的复杂性。他俩同岁，大致可以代表我们这个部族里男孩和女孩的情况。但是，需要把他们俩的身份颠倒一下。穆娜是个彻头彻尾的假小子，这或许因为她有两个双胞胎哥哥却没有姐妹。她的两个哥哥一个叫扎克，一个叫赞恩。她胖乎乎的，大家都说她漂亮，因为她有一双清澈明亮的蓝眼睛。她说话的声音很粗，打电话到我家里的时候，我常误以为是她的某个哥哥。我说，"嘿，扎克……或者，是赞恩吗？"心想，肯定不是这个就是那个，因为他们是双胞胎。这时，她说："是穆娜，傻瓜。泰太在吗？我妈妈想找泰太说话。"

我发现穆娜最令人惊奇的是她那两条大腿，像被砍掉所有嫩枝的树干一般。学校放假的时候，她穿着超短裤过来，我常常趁她不注意偷偷瞄上两眼。我尤其对她那仿佛花岗岩精雕细刻而成的膝盖骨着迷。有一次，她发现我偷看她，就伸出食指示意我过去。我走过去，非常好奇她想要干什么。我站在她面前，摆出一副大卫站在巨人歌利亚面前的架势。突然，她用膝盖狠狠地顶了一下我的蛋蛋。仿佛有人把下体的空气抽走一般，我一下瘫倒在地上。这是我第一次，也是唯一一次被女孩子打哭了。

可是哈姆扎呢，完全像个姑娘。他比我和我哥哥大了差不多三岁，但是我俩都比他强壮。他高高的个子，瘦骨嶙峋，还驼背，坐下来的时候，后背的凸起尤其明显。他嘴唇粉嫩，右上角有一个褐色斑点。我堂姐夏娃和璐璐说真希望这个斑点长在她们的脸上，因为那是颗美人痣。当哈姆扎站在阳光下的时候，他红润的面庞仿佛芒果呈现出粉色，那颗痣格外醒目。哈姆扎在维拉伍德公立学校上学。这所学校恶名远播，我们都觉得他应该更粗粝一些，可他不是。他留着长长的指甲，一攥拳头指甲就刺进手掌里。可悲的是他也不精明。他对我们说了好几次，说他十五岁就要辍学，去肯德基找份工作。他还说："将来要是能当上分店经理，一年就能赚三万多块。"夏娃告诉他，到肯德基干活儿是个大错误。"你应该去做模特。"她说。

这时，哈姆扎上气不接下气，冲进起居室。他穿着灰色的西服和婴儿蓝衬衫，第一粒扣子没有系上，尖尖的锁骨裸露出来。"你爸跟人打起来了。"他说。

"什么？在哪儿？"比拉勒喊道。

"外面。"

在亚历山德里亚，我家房子隔壁是一家美发沙龙，老板是一个叫查克的澳洲白人。他身材瘦长，金色的长发、长脸，鼻子又瘦又长，像匹白色的马。他天天抓痒痒。我曾看见他那可怕的长指甲伸进衬衣的扣子间，有时候也伸进裤子里。父母告诉我对这个人要当心点，可是我不听。他有个装棒棒糖的罐子，每次理完发他都从那个罐子里拿糖给我们吃。有时，我会走进去跟他要块糖吃。他呢，有时给，有时会说："不，让你爸妈给你买棒棒糖吃。"七岁的时候，有一次，我走进他的沙龙。当时里面没有别人，我就给他讲关于"circus"这个词有趣的故事。

"你知道阿拉伯语里'circus'是什么意思吗？"

"什么？"他问。

"你知道 cus 是什么意思吗？是阴道。所以 cir[①]…cus。"

查克说："你怎么不去告诉你爸爸。"

父母告诉我，查克像所有澳洲白人一样，是个人渣。只有在他喝醉的时候，我们才拿他当回事儿。一天夜里，他一直在大街上和人争吵。大概有五六个膀大腰圆的澳洲白人朋友和他在一起，还有他十六岁的女儿瑞秋。奥萨马叔叔出去给他的女儿们买肯德基炸鸡，正要靠边停车，查克走过来踢了车门一脚。我们听到尖叫声和吵闹声就跑了出去，只见奥萨马叔叔把查克按倒在地，向

---

① Cir- 作为英语构词的前缀，意思是圆、环，也有"迂回的，环绕的"意思。

他挥舞着大棒车锁。阿里叔叔、爸爸和易卜拉欣叔叔不得不把奥萨马拉开。这当儿，街上回响着查克喝醉了的朋友们哈哈大笑的声音，瑞秋也一直不停地叫喊，说她爸爸不过是在这儿闲逛，还说我们这些黎巴嫩人应该当心点，趁早滚回伊斯兰堡去。"我们来自中东。"阿里叔叔一边拉着奥萨马，一边说。

"一样混蛋！"她尖声叫道。

今天查克坐在一张理发椅子里，像个女人似的跷着二郎腿，看着我爸爸。爸爸在沙龙里正对着电话大吼。我不知道他为什么用查克的电话，却不用自己家里的。我想大概是不想让家里人听到他说什么吧。爸爸的手紧紧地抓着电话，胳膊上的肌肉像 3D 地图似的凸起来。另一只手在面前伸展开来，上下挥舞，不停地做着空手道劈斩的动作。他一边劈，一边高声喝道："你敢来，我就杀了你，你懂吗？你个肮脏的、不要脸的混蛋！你给我听清楚了！"这时，电话那头的人似乎说了些什么，爸爸打断了他："萨德……萨德……我们绝不会原谅！我们绝不会原谅，也绝不会忘记！"然后"啪"的一声放下电话。查克跳起站在理发镜子前，一丝傻笑掠过他那张马脸。"贾布里勒，"他说，"消消气，都是你们阿拉伯的弟兄……"爸爸没理他，又抓起电话。他转过身，面对沙龙的后墙。他穿着黑鞋、黑西服套装，加上黑色的头发，站在那儿，好像他自己的影子。对我而言，爸爸这副模样和他的影子没有什么两样，如神一般，在夕阳中，在我们面前，越拉越长如树的影子。他把电话筒贴在耳朵上，然后平静地对我说："巴尼，到外面等着。"

我什么话也没说，回转身慢慢朝门口走去，心里琢磨这到底是怎么回事？萨德，我爸爸在跟一个叫萨德的人讲话。我认识的唯一一个萨德，也是我唯一能想象出来的那个萨德就是爸爸竭力阻止其参加婚礼的那个萨德。他是我妈妈的大堂兄。我只是听说过这个人。萨德的父亲和我妈妈的父亲是兄弟。妈妈对我说过，早在我出生之前，萨德曾经向她求婚，她拒绝了。她说，她刚一开口说："不。"这个萨德就当着她父亲、母亲、六个兄弟和六个姐妹的面，猛然一巴掌掴了过来，将她重重地打倒在地。我外公一下子跳起来，把萨德打了出去。他用阿拉伯语高声喝道："在我家，当着我的面？"这一巴掌引起了萨德家和我妈妈家之间的战争。我外公和萨德的父亲从此再也没有讲过话。外公一方说，当着家人的面抬手打人家的女儿太过分了；萨德父亲一方说，拒绝一位绅士的求婚太过分了。几年以后，我妈妈说，在悉尼，两家的关系变得越来越紧张。两家人互相冲撞对方家举行的婚礼、清真寺礼拜和宴会。而每次冲突都会引发一场新的战争。最后我外公受够了，他把妻子、孩子都召集起来，举家搬迁到墨尔本，希望离这门亲戚越远越好。

　　妈妈跟我说，她爸爸逼迫她们离开悉尼的时候，她崩溃了。她说这都是她的错。后来，她遇到我父亲，不得不返回悉尼，这又使她崩溃了。我想她一定害怕再和萨德碰面，因为这一次没有了父亲和兄弟的保护。这或许就是她告诉外公她要嫁的这个男人必须身强体壮的原因。妈妈每隔三个月去一次墨尔本。记得我跟着她坐飞机去过两次，都是在过去的两年里。我回到悉尼之后，就对学校里的同学们说，我刚从家乡回来。八岁以前，我一直分不清墨尔本和黎巴嫩，以为它们是同一个地方，以为墨尔本是黎巴嫩的英文说法。我在墨尔本有数以百计的表兄妹。妈妈的每一个兄弟姐妹都有六个孩子，他们的孩子又有了自己的孩子，所以就像到了黎巴嫩。尤其是因为他们都说阿拉伯语，他们也只和别的黎巴嫩人讲话。最后，我的堂兄哈姆扎去了黎巴嫩——真正的黎巴嫩。他跟我解释了这两个地方的不同。于是，我才明白原来我从来没有去过黎巴嫩。

我在墨尔本也没和外公讲过话。他住在大女儿家房子后面那个小小的套间里，谁都不可以打扰他。他只是吃外婆给他准备的早、午、晚餐时才出来，走进姨妈的房子。他吃饭的时候我们也不可以打扰他。吃完，他就马上回到自己那个套间。据说，他在那里只是祷告或者读书。这位老人总是皱着眉头，唇上留一撮胡子。只有跟他年龄相仿、同样皱着眉、留一撮胡子的老人才有资格见他。

屋外，易卜拉欣叔叔和奥萨马叔叔以及阿米娜姑姑的丈夫巴萨姆，还有雅思明姑姑的丈夫哈伦在聊天。哈伦是我们所说的"进口人"，就是说，他最近才从另一个国家来。你可以从一个人说的语言判断他是不是"进口人"。他们通常主要讲阿拉伯语，只知道几个英语单词。即便到这里二十年了，也仍然是"进口人"，因为他们始终保持着乡音。也有别的方法辨认"进口人"，尤其从塞尔维亚和黎巴嫩来的人。他们当着女人的面叫人家"沙木塔"——意思是"荡妇"。而澳大利亚人一般是等那女人离开房间后才这么叫。"进口人"与出生在澳大利亚的塞尔维亚人和黎巴嫩人相比也特别能吸烟。哈伦嘴里总叼着一支烟，那夹在嘴角的香烟仿佛身体延伸出来的一部分。他噘起嘴唇吸一口烟，然后，张开嘴，吐出一团烟雾。哈伦的声音是我听过的最低沉的声音。他说话的时候，好像大肚子里另外有个人在讲话，然后那声音通过他嗓子眼里的"麦克风"传出来。他长着小胡子，黑色卷发虽然还很厚实，但已经开始谢顶。他在公路收费站工作。易卜拉欣叔叔说，他总是趁女人们伸手交钱时，偷窥她们的罩衫。我常看见他向女人抛媚眼，通常向我的姑姑们或者年纪大些的堂姐们送秋波。我甚至看见他向自己的女儿穆娜使眼色。那次，他嘴上叼着烟，对易卜拉欣叔叔说："看，看，她的奶头开始变大了。"哈伦是个骄傲的男人，他尤其为自己的双胞胎儿子扎克和赞恩感到骄傲，倒不是因为他们创造了什么财富，而是因为能生双胞胎的男人在部族里被认为是真正的男人。这对双胞胎长着跟他们爸爸一样的身板儿，只是不像老爹那样挺着大肚子，撅着大屁股。两个人胸脯上、胳膊上、肩膀上长着一块块结实的肌肉。夏天，扎克和赞恩穿着汗衫来我家，硬邦邦的肌肉、紧绷绷的皮肤闪烁着蜂蜜般的光泽。因为他们为皮肤打蜡，假装晒成了褐色。我不喜欢堂兄们的肌肉，看上去活像层层堆积的砾石。我更喜欢爸爸的肌肉，宛如米开朗基罗精心雕刻出来的大理石。

阿米娜姑姑的丈夫巴萨姆也是"进口人"，但是他已经把自己改造得比较像澳大利亚人。他英语讲得非常好，总是把脸刮得干干净净，但是与易卜拉欣又不同。易卜拉欣刮完脸后几个小时就可以看到胡碴子。巴萨姆的皮肤光滑，头发比较长，稀疏纤细，发丝间露出头皮。易卜拉欣叔叔说这就是为什么巴萨姆的儿子哈姆扎看起来像个姑娘，行事懦弱。泰太说，巴萨姆对阿米娜姑姑非常好，这一点最重要。"二十五年里他从来没有对她动过一次手。"泰太说。我始终觉得这没有什么值得夸赞的，本来就应该这样啊！可是后来，当我看到雅思明姑姑鼻青脸肿地来到这里，说哈伦对她大喊大叫，大打出手，我才明白，"这一点"真的最重要。

　　我和哈姆扎、比拉勒站在男人们中间。他们又重新点燃了香烟。爸爸从沙龙里走出来。他刚一踏上人行道，哈伦就对他喊道"阿什-巴克？"意思是"你怎么了？"那声调像一股声浪直拍在我们每个人的脸上。

　　"他妈的，等着瞧！"

　　"别生气！"易卜拉欣叔叔说。

　　爸爸没理他，就像他不理会查克一样。他大步流星走到停在我家前面的那辆小货车跟前。上面装满了他周日要去市场卖的东西。他打开侧门，搬开几个罐子和鞋盒，找到了想要的东西。他拽出那把要卖掉的最大的狩猎刀——一把名字为"保护者"的好刀。在市场，和泰太一起看见这把刀时，我和哥哥整整一天坐在那儿欣赏它。刀刃锋利，刀身光滑，刀背成锯齿状，中间有一些小孔，配了一个挺粗的木头手柄。顾客买这把刀用来猎杀野猪，至少他们是这么说的。爸爸眉头紧皱，怪吓人的。他那双深色的眼睛反射出太阳的光，一头浓密的黑发，黑山羊胡子，高颧骨。

我知道这套黑西服包裹的他，浑身肌肉，令人生畏。我眼见他将那把刀插进裤腿，敬佩之情油然而生——我骄傲，爸爸就是我想象中的男子汉。

"怎么回事？"我问易卜拉欣，他没理我。

摄影师的身影在我家的走廊里晃动，然后停在前门。他懒得走到我们跟前，就站在那儿叫我们都进去。"我要给你们拍个'全家福'。"说完，他就转身进去，连看都没看我们一眼，也不管大伙儿是否听到了他的话。

我们站在摄像机前，谁都不说话。后来泰太说："哦，贾布里勒，额-沓！"意思是"放松！"所有男男女女都盯着摄像机，开始说话。"他们要是敢来闹事，"爸爸说，"我准备好迎战了。"

"这可是你弟弟的婚礼，"雅思明姑姑答道，"别给毁了。"

"是他妈的萨德想毁了这场婚礼！"爸爸说，他的脸一直对着照相机。

"没人会来，"奥萨马叔叔说，"你父亲告诉过萨德和他的家人，不许他们来，是不是，蕾拉？"

"但是他们跟祖拜达家也有亲戚关系，"妈妈回答道，"这不是我们说了就算的事。"

"我希望他们来。"爸爸说。此时，他的声音平静、嘶哑。"让他们来。"

"大家别担心！"易卜拉欣叔叔大声说道，"要是他们来了，我们就坐在门口。"

大约差一刻六点的时候，房门上锁，我们总共十九个人耐心地站在大街上等着爸爸的大哥艾胡德的到来。妈妈、奶奶、姑姑们站在一起。叔叔们聚拢在爸爸周围。我的堂兄妹和兄妹们分散在街道里。假钻石在夕阳下反射着光芒。开车经过卡普兰街的人们都瞪大眼睛看着这一群阿拉伯人。这群女人一定至少用了一千多个发夹把头发别成高高的发髻。仿佛是一群嬉皮士、雅皮士、同性恋者现身在街头巷尾。我突然用一个局外人的眼睛审视这群穿着五颜六色的裙子、衬着宽宽的垫肩、用发胶固定住头发、浓妆艳抹、鼻子挺大的人才是一个马戏团（circus）。我们才是 cus。

"哈 - 都 - 里 - 拉赫。"看见艾胡德大伯的灰色福特车在路边停下，我不由得自言自语。这句话的意思是"赞美神！"艾胡德大伯的车像一只平头鲨鱼，引擎发出隆隆的响声，机盖又宽又扁，两只头灯一边一个，像四边形的眼睛。

艾胡德带着他骨瘦如柴的妻子菲达和胖墩墩的儿子努尔一起过来了。他还有一个小儿子叫塔拉尔，一个大一点的儿子叫亚当——他的全名叫亚当·亚当——他们今天不来参加婚礼。我和哥哥通常与努尔一起玩。他比我们大几岁，所以，他一来，我们就不得不事事都随着他，不得不吃麦当劳而不是肯德基炸鸡，还要租我们从来没有听说过的电影来看，比如：《反斗智多星》或者《反斗智多星2》或者《反斗智多星3》。艾胡德大伯还有个大女儿，叫卡迪佳。她会出席婚礼，但到目前为止，她还没有和家人一起来，因为她是祖拜达的伴娘。

艾胡德一下汽车，妈妈就过去，压低嗓门对他说了些什么。

艾胡德大伯没有一秒钟的迟疑，走到爸爸身边对他说："尤拉，我跟你去。"和父亲不同，艾胡德大伯是个沉稳并且有耐心的人。我想，因为他是长子，而且我爷爷又不在了，所以他对家庭怀有一种强烈的责任感。我从未听见过艾胡德粗喉咙大嗓门说话，他的脸上也总是挂着温暖的微笑——那种咧开嘴、非常开心的微笑。他宛如圣诞老人和宙斯的混合体。我爸爸呢，正相反，是我见过的最严肃的人，严肃得有时候我都不敢看他。那种感觉跟害怕一只低吼的狗不一样，而是像害怕盯着太阳看得太久——如果看久了，或许会被烧成灰烬。我想，那是一种与生俱来的尊敬。那种尊敬让你认识到，给予你生命的那个人如此强大，他轻而易举就可以摧毁你。就这样，父亲让我做好了见神的一切准备，因为神也不过如此。

　　大概过了一个小时，"亚当之家"的人们三三两两，分别上了几辆汽车。妈妈和菲达坐在一起，这样艾胡德大伯就可以和我们坐一辆车。阿米娜姑姑同意让哈姆扎和我们坐在一起。能够坐在爸爸的汽车后座上我非常开心。那是辆旅行车，爸爸不开小货车时才开它。这辆车对我们家正适用，因为全家外出时，如果没有足够的座位，孩子们就可以都坐到汽车后头。家里有几张我和兄妹们以及易卜拉欣的女儿夏娃和璐璐的照片。照片上的我们就坐在旅行车后面，开着车后门。那时，我大概三岁。有一张照片上，尤切维德、比拉勒和堂姐夏娃、璐璐都对着镜头笑，可是我却溜了号，在那儿抠鼻子呢。我从妈妈的影集中拿出这张照片，在上面划了一道，然后藏在装袜子的抽屉里。我不敢撕掉它，可是我也不想让别人看到。唯一的问题是比拉勒和我共用一个装袜子的抽屉。他知道那张照片藏在那儿，但是从来没有提起过。

今天，这辆车后排座上没有一个大人，所以我们也不必躺在后备箱里。我跟哈姆扎背靠背挤在一起，尤切维德和比拉勒挤在一起。我们静静地坐着，听着爸爸和艾胡德大伯的对话。萨德整整一个下午一直打电话恳请爸爸，让他和他的家人来参加婚礼。可是爸爸拒绝了。他大喊着说萨德羞辱了他的妻子和岳父。问题是，部族里的人彼此都有千丝万缕的联系，一个人的事情就会影响到整个群体。萨德不仅和我妈妈有亲属关系，与新娘也有亲属关系，因为他娶了祖拜达的表妹兰达。

"如特-呀-阿克西，"艾胡德大伯说，"你先冷静一下，兄弟。过去的事就让它过去吧！让萨德和他的家人来吧！"

"拉特！"爸爸大声说，侧着脸露出大大的喉结，"不行！他若踏进门一步，我就剁了他，他和他的全家！"

大伯从前面的座位上转过头，给了我们一个温暖的微笑。他开始用柔软的、胖乎乎的手指揉搓他那件黑夹克的衣襟。"他要杀了他。"他一边说，一边做了个鬼脸，假装强盗。即使在最紧要的时候，艾胡德大伯也有办法让我们这些孩子相信，他们是在说笑话。他那泰迪熊似的小眼睛温和地看着我，笑容弥漫在脸上，说："你爸爸要给我们制造大麻烦了。"

婚礼在班克郊区一家名字叫作贝尔维尤招待所的大厅里举行。开车去那儿途经拉肯巴。我们沿着主路行驶，看见那里到处是带着面纱的女人以及留着长及胸部的大胡子的男人，这难道就是学校里的好朋友马修·福布斯说的我的族人？他们看上去像电影《夺宝奇兵》里面的坏蛋。我尽量不去想下周我们将要搬到这里的事情，还是尽量想想婚礼吧！

我们早早赶到了招待所。作为新郎的直系亲属，必须站在门口迎接来宾，帮助他们找座位。招待所的入口位于主停车场。我们到达的时候，妈妈已经站在门口了。她旁边是一个老太太，带着白色的面纱，坐在牛奶箱上。母亲向我和尤切维德招手让我们过去。"这是我妈妈的姑姑，她住在墨尔本，"她对我们说。"萨门，萨门。"意思是"快问好。"和所有阿拉伯女人一样，那个坐在奶箱上的女人并不特别胖，但是看起来肌肤柔软，颤巍巍的。"沓-阿赫，沓-阿赫，"老太太对我说，示意我过去，"阿-提尼-布斯。"一想到必须亲吻她那张满是皱纹的脸我就恶心，但是没办法。她的笑容不太自然，像没有嘴唇似的，嘴巴里面空空如也，因为大部分牙齿都掉光了。我走过去，她捧住了我的头。我感觉到她又硬又长的鼻子压在我的脸上，口水也流下来。我抽出身，抬头看着妈妈。她咧着嘴笑了。尤切维德成为下一个牺牲品。妈妈的姑姥姥用阿拉伯语说："来吻我一下，你个小妖精，上帝也会恨你这张脸。"尤切维德抬头看着妈妈，和我刚才一样，露出痛苦的表情。她从来没有听过部族里的任何人这样讲话，尤其没听见过一个老太太这样说。那个老女人捧住尤切维德的小脑袋，又口水横流地亲吻了她。然后把妹妹的头推开，说："知道我是谁吗？"尤切维德说不知道，老太太说："那你干吗亲吻我？"妈妈认为她姑姥姥是家族里最机智的人，不由得大笑起来。我和尤切维德急忙跑进招待所。

进门左侧有一个小休息室。据说，那儿是新娘步入婚礼现场之前的"藏身之地"。招待所像一个体育馆，可以容纳五百多人，这也是我们这个部族举行婚礼时通常邀请的宾客人数。沿一条过道走过去，两边都是桌椅。桌子很长，每张桌子周围有二十把椅子。椅子上套着红色布套。过道通向一个巨大的舞池。舞池一侧是个大舞台，另一侧是个小舞台。大舞台像是为乐队而设置的。麦克风和乐器已经各就各位。几把椅子、电子琴、塔布拉鼓、瑞克斯还有两把乌德琴放在那里。另一侧的小舞台是为新郎、新娘以及娘家人设置的。小舞台上有两张大桌子和一排精致的木椅，像王室坐席。新郎和新娘入场时会从入口处进来，绕舞池一周，然后登上舞台，身后跟着我们称之为"弹拨儿"的大鼓，敲得咚咚响。

招待所用红白彩带装饰，彩带从棚顶和桌子上垂下来。桌子上覆盖着白色台布，中间摆放着百合花。灯光有些幽暗，让人觉得仿佛置身于电影里面看到的夜总会。我和兄弟、姐妹、堂兄妹被安排在临近大舞台、紧挨乐队的一张特殊的桌子旁边。这是专为孩子们设置的。我好像听见祖拜达吩咐招待所经理让所有"小混蛋"都坐到最远的角落里。

和我们一桌的有易卜拉欣叔叔的孩子夏娃和璐璐。她们的基督徒妈妈把她们送到了这里。这桌还有哈姆扎、穆娜、宰纳卜、齐娜、扎赫拉。还有艾胡德大伯的儿子努尔。他穿一身黑西装，紧紧地绷在身上。因为努尔较胖，可是大家都说他是"婴儿肥"。

他坐立不安，因为平时习惯了穿宽松的运动裤和夹克衫。艾胡德大伯的长子亚当拒绝参加婚礼，所以今天晚上他在圣彼得看家，还要照看他上个月刚满四岁的小弟弟塔拉尔。

我和兄妹们成了联系爸爸这边的孩子们和妈妈那边的孩子们的纽带。这里有妈妈的姐妹诺拉、罗达和罗尼亚的孩子艾马德、穆斯塔法、费萨尔。昨天晚上，男孩子们跟妈妈包车从墨尔本赶来，明天早晨还要赶回去。这在部族里很普遍，我们在路途上花费的时间比在目的地停留的时间还要长。虽然穷得没有钱乘飞机，但是我们深爱自己的亲人，不愿意错过他们的婚礼。这场婚礼对于妈妈的姐妹们尤其重要，因为她们既是娘家人又是婆家人，这在我们部族里也很常见。艾马德、穆斯塔法和费萨尔和我同龄，在我眼里他们都毛发太重。亚历山德里亚公立学校里的孩子们，有时候叫我沙漠猴，而不是沙漠黑鬼。这三位表兄的相貌则说明为什么人们认为阿拉伯人像猿猴。他们的面颊、脖子和嘴唇上面都长着汗毛。我不太喜欢和他们一起玩，但是我假装很高兴他们能来这里。我向他们挥手致意，他们也向我挥手致意，还向我微笑。然后他们开始彼此胡闹，大谈火箭，可我以为他们说的是阴茎。艾马德问道："你知道萨-如克是什么吗？你知道萨-如克是什么吗？"另外两个哈哈大笑起来。他们真像三只猴子。

这桌还有妈妈和祖拜达的两个表妹，梅兹和拉雅尔。她们住在格里纳克，是邻居。虽然她俩的父亲都是我妈妈的叔叔，但是她们和我妹妹璐璐年龄一般大。因为在部族里，祖父母一辈都是从十六岁开始生育，一直生到四十岁才停止。等最小的孩子出生时，最大的孩子也已经有了自己的第一个孩子。结果就是叔与侄子和侄女同龄。梅兹和拉雅尔坐在璐璐和尤切维德身边。尽管她们都是女孩，可和那三个"沙漠猴子"一样毛乎乎的。她们嘴唇上面、眉毛之间还有瘦胳膊上都长着黑绒毛。妹妹尤切维德说我不该这么说。她说她们的毛发不算重，长大就都掉了。两个女孩子都化了妆，学着妈妈们的样子讲话，拿腔拿调。拉雅尔说："那边那个穿粉裙子的小姑娘长得真可爱，我想把她介绍给我哥哥。"梅兹伸出婴儿般大小的手掌，说："**欧-利**，不行，我要把你哥哥留给我妹妹！"尤切维德亲吻拉雅尔以示问候，这才打断了她们俩的争论。那是吻在面颊上的"小鱼吻"。妹妹撮起嘴唇，然后放松，发出"啪"的一声响。我盯着她们，正要自以为是地评论一番，尤切维德注意到了我，向我使了个眼色，好像在说："一边儿去，你这个男人。"我这才意识到我该靠边儿站。她们是我的表姐，更何况真正吸引我的是食物，而不是这些表亲。

主菜装在白颜色的盘子里，在桌子中间排成一排。切成薄片的香熏牛肉整整齐齐地卷放在长方形盘子里。小圆盘子里装着**吉白那耶赫**——一种除去血水的生肉，拌着谷物和香料。有的穆斯林说不可以吃**吉白那耶赫**，因为是生肉。有的说可以吃，因为血水都被挤出去了。还有一盘盘的鸡翅和**西士哇勿克**——一种串在扦子上的鸡肉块——可是那扦子还没有爸爸在家里烤肉时用的扦子一半长。还有塔布雷沙拉、海鲜沙拉、黎巴嫩沙拉和土豆沙拉；胡姆斯酱、巴巴卡奴士和上面浇了辣椒油的拉波尼。黎巴嫩面包切成三角形堆放在小筐里。甚至还有一小碗一小碗的坚果——开心果、胡桃、松子、腰果和花生。再就是装在大塑料杯子里的饮料。我们桌子上摆了八个杯子，一个装水，另外几个装橙汁、柠檬水、芬达和碳酸饮料，还有两杯装着可乐。我觉得至少有一杯是健怡可乐。我讨厌健怡可乐。每次去麦加都会看到肥胖的女孩子点这个，我就想："喝这个又能怎么样呢？"姑娘们不承认她们是为了减肥才选这玩意儿的。她们只是说："我的确更喜欢这个味道。"可是我觉得那味道像毒药。桌子上还有其他"毒药"。我对面的右边摆放着一瓶瓶的威士忌、果酒和啤酒。威士忌酒是"白希瑟"，装在方瓶子里，上面贴着白色和金色的商标。

"我们能吃这些东西了吗？"我问哈姆扎。他脱掉灰色夹克，把它挂在椅背上。他的浅蓝色衬衣的第一个扣子没有系。我看见他摆弄着第二颗纽扣，好像想把它解开。"可以，但还是等一下。"他回答道。

我等着，努尔却不管不顾，坐在我们对面津津有味地吃着香熏牛肉，好像那全是他的。他把嘴张到最大，露出满嘴牙齿和舌头，把一整片肉都塞进去，嚼都不嚼，咬两口就吞了下去。听说鹈鹕就是这么吃东的。我想告诉他，他该等一会儿，可我不知道要等什么。当然，我觉得努尔也根本不会听我的。他还没有跟我说过一句话，我想他也不会说。他不太开心，因为我和比拉勒一直跟别的孩子玩耍。

我看见艾胡德大伯和爸爸引领人们入座。很多人我都不认识。他们也许是祖拜达的亲属，也许是我没有见过的别的亲属。我知道祖拜达是我妈妈的表妹，但是她遇到阿里叔叔之前，我从来没有听说过她。只有神才知道这里到底还有多少我家的亲戚。爸爸领着一大队人马坐到前台左侧的一张桌子旁边。他们一定是祖拜达家非常亲近的人。因为给他们安排的座位能够看到大舞台和舞池。那些人中有三个十几岁的姑娘，看上去像是祖拜达的大表妹。她们都穿着短裙，露出橄榄色的细腿，肩膀也暴露无遗。我坐在那儿可以看见个子最高的那个姑娘露出的乳沟。她穿了一件黑色的裙子，领口那里折出一个深及胸部的 V 型。她梳着长长的直发，涂着非常红的唇膏。部族里很多姑娘都这么打扮。本来是不可以这么穿的，就像不可以喝酒一样，可是我们的人再也不理会这些了。这三个姑娘像是亲姐妹。我敢肯定跟她们坐在一起的两个大人是她们的父母。我想象不出爸爸会允许我的妹妹们穿成这样走出房门。爸爸引领家人就坐时一脸严肃。我记得他裤腿里还插着那把刀，他肯定特别不舒服。

我们议论大厅里就座的亲戚时，孩子们开始大吃大喝起来。"嘿，那是阿布·杰拉尔。""嘿，那是艾姆·萨利姆。""哎呀，看艾姆穿着什么？""噗，那个脑袋是谁？"

"巴尼，"妹妹小声对我说，"那不是哈姆扎的表兄科达吗？"我看见一个大块头男人跟着艾胡德大伯走了进来。他穿着宽松的格子衬衫，留着长长的金色头发，脑袋像魔鬼石保护区里面的一块大卵石，比我大伯高出一大截。听说他穿宽松的衣服是为了遮掩刀伤。科达去年差点丧命。他在卡布拉马塔长大，是一个黎巴嫩帮派的成员，在火车站乱挤的时候被一群越南人捅了好几刀。后来，我们去医院看他，他冲我眨眼睛，说："要是他们不带刀，我肯定把他们都收了。"

"他可真酷。"尤切维德大声说。我和比拉勒狠狠地瞪了她一眼。

科达坐下后，我注意到妈妈领着基督徒店主沙迪和丽玛进来了。他俩看上去非常迷人。丽玛穿着米色低胸裙子，露出半个乳沟。大胸脯结实丰满，秀发披肩。沙迪身穿黑衬衫，打着白领带，头发涂着发胶向后梳拢，非常光滑。沙迪和丽玛是外族人，但是他们今天在这里并没有显得格格不入。他们看上去和我们部族里的人一样。大家都穿着同样的衣服，用同样的化妆品和发胶，都有一样的深色眼睛、一样的黑色头发、一样的深橄榄色的皮肤。我突然想，或许是我们部族的人故意把自己打扮得跟那些基督徒一个样。

客人们在接下来的一个半小时里一边小口吃着东西，一边闲聊，让人感觉仿佛置身于一个大型美食广场。大厅里人们都小声说话，刀叉撞击的声音也不大，但时不时传来一阵高谈阔论。一听到这大嗓门，你就知道总是哈伦和巴萨姆那些人。我听见哈伦又在那儿大放厥词，嗓子眼儿里好像装了个麦克风。他无论坐在哪儿，也无论跟谁坐在一起，总是说："哇啦 - 沙木塔！"意思是"我向老天发誓，她是个荡妇！"于是，他那一桌人爆发出一阵哈哈大笑。这些人多数都是男的，可我也听见那儿有女人的笑声。我环顾四周，看是否有人注意或是介意，发现大家都沉浸在欢乐的谈笑声中。这时，从上面服务台的扬声器里传来微弱的音乐声。我侧耳静听，辨别正在演奏的曲目。我敢肯定就是那位奥运健将即将赢得比赛时银幕上播放慢动作配的背景音乐。我一边哼唱那首曲子，一边朝四周张望着。看见一位身穿白色西装、黑衬衫的先生，从人群中走向舞池前端的舞台。他肚子很大，几乎把衣扣撑开，长长的黑色头发用皮筋儿束在脑后。"女士们，先生们！"那人操一口浓重的阿拉伯腔大声说。五百位宾客安静下来，注视着他。"欢迎各位光临贝尔维尤！今晚我们欢聚一堂为阿里·亚当和祖拜达·尤瑟夫举行婚礼！首先，让我们欢迎新娘的父母，哈桑·尤瑟夫和法蒂玛·尤瑟夫！"

乐队打了几个节拍，开始演奏阿拉伯音乐。手鼓、电子琴交织在一起，大厅里响起喜庆欢快的音乐声。这时候，招待所的门被推开，祖拜达的妈妈和爸爸走了进来。他们边走边把手举过头顶挥舞。祖拜达的爸爸宛如一棵装在黑色西装里的臃肿的树，她的妈妈比他还高几英寸，银色紧身裙裹在身上，虽然没有显露她任何一块肌肤，却使她"原形毕露"——满身假钻石更把她装点成一只鳞甲闪闪的蜥蜴。她的脸也像蜥蜴，因为脸颊和额头上涂了白色的粉底霜显得更苍白。阿拉伯妇女总喜欢让自己显得白净些。我想深色皮肤的人们大概都是如此。法蒂玛眼睛周围涂着浅绿色眼影，看起来越发像只硕大无朋的蜥蜴。

大家在座位上咧开大嘴，笑着目送祖拜达的父母踏着舞步，走过过道，穿过舞池，来到舞台前面。这时，音乐停止，主持人大声说："现在，我们欢迎新郎的母亲尤切维德和哥哥艾胡德入场。"节奏明快的鼓声响起，扬声器里又爆发出键盘乐器奏出的"重金属"音乐。奶奶和大伯拉着手从门口走进来。他们一路穿行走向舞池，脸上挂着心满意足的笑容。两人都身材高大。他们慢慢走过大厅。大家都为他们鼓掌，一些直系亲属，比如我妈妈和爸爸的姐妹，在泰太蹒跚而过的时候站立起来。奶奶的皮肤在稀薄的白发映衬下显得金黄发亮。她身着宽松的裙子，脚蹬一双平底鞋，尽量使自己站立的时候更舒服些。她左手腕上带着绿色的镯子，大伯拉着这只手。她的另一只手放在胸前，左右挥舞。我知道，如果身体足够强壮，奶奶一定会把手高举起来。她嘴角挂着僵硬的微笑，眼睛大睁。她的女儿们在她走向舞池，从她们身边经过时大声说："阿拉 - 乙 - 汉 - 由。"意思是"愿神赐福于她的小儿子和新儿媳。""呀 - 艾姆 - 艾胡德！"她们说，意思是"噢，艾胡德的母亲！"

我们这些孩子们都静静地坐着，看着泰太慢慢走向舞池。所有人，除了我的妹妹尤切维德。她站起来走向祖母。大家鼓掌，乐队欢呼。今晚总共有五百人，其中两个叫尤切维德。我妹妹尤切维德在奶奶尤切维德经过舞池的时候，走了过去。泰太放下举在胸前的手伸向她，妹妹伸出手抓住又松开。"呀 - 艾姆 - 艾胡德！"家人高声喊叫，直到艾胡德和泰太来到新娘父母身边，停下来。

音乐再次停止，下一个环节是介绍新人亲友团。他们一对对出现，看上去像情侣。但是，我太熟悉他们了，心里不由得生出一种强烈的厌恶感，这感觉令我下体萎缩。那一对对"情侣"都像芭比娃娃和肯——哥哥和妹妹衣着光鲜，假扮一对情侣，想使大伙儿相信他们在一起的样子很正常，不只是正常，而且是正确，就应该是这个样子——我们大家都应该这样。有那么一会儿，只是一会儿，我觉得自己像一只豚鼠在一个巨大的盒子里爬来爬去，想爬到其他一千多只豚鼠身上。然而，接下来，我还是让自己用和大家一样的眼光去看待新人亲友团，将他们看成是情侣，看成是一对对漂亮、性感的情侣，将来也能生出血统纯正的漂亮、性感的孩子。伴郎们都穿着黑色套装，伴娘们穿着深红色的抹胸裙。第一队出场的男女是祖拜达的大哥穆萨和她的大表妹达尼艾拉。她比穆萨高，可我还是听到人们说她不够好看，配不上他。她身材瘦长，长了一张火烈鸟似的脸，鼻子也长，鼻尖发亮。而穆萨呢，一双蓝色的眼睛，清澈明亮。大家都在谈论他这双眼睛，尤其是我妈妈。"要是尤切维德再大点就好啦！"她说。穆萨是职业拳击手。他的鼻子扁平，呈鹰钩状。我猜想是那些直接打到脑袋上的拳头给弄的。穆萨和达尼艾拉都长着我们这个部族标志性的鼻子。大概是上天注定的吧，我们都会留意鼻子，并且大发议论。这也是为什么伊斯兰文化中说嘲笑人家身体的一部分是罪过，嘲笑鼻子是最大的罪过。我还长着小孩子那种小纽扣般的鼻子时，我就知道自己将来注定会长出"巴特亚当"家那种长长的鹰钩鼻。我注定要因为曾经注意、嘲笑过别人的鼻子而受到惩罚。迟早有一天，人们也会注意到我的鼻子，嘲笑我。那么，我还要继续注意和评论人家的鼻子吗？如果还要评论，轮到自己被嘲笑的那一天时，只算扯平了。我的思绪一直停留于此，直到下一对儿出现。这一对儿是祖拜达的小哥伊萨和他的大表妹萨娜。他们也长着那样的鼻子——蒜头鼻从瘦削松弛的面颊上崛起。他俩看上去像一对双胞胎兄妹。一样的肤色，像玛氏的太妃糖。两人身高也完全一样，甚至身材也一样，都是皮包骨、扁平胸，圆眼睛，活像玩具汽车的塑料轮胎。

最后，艾胡德大伯的大女儿卡迪佳和阿米娜姑姑的大儿子纳德尔出来了。卡迪佳应该是我们家最漂亮的女孩——除了一点，她也命中注定长着亚当之家的鹰钩鼻子。她十八岁，是我爸爸这边堂姐妹中的老大。家里人已经开始逼她结婚。"泰太死前能看到你结婚一定会非常开心。"艾米娜姑姑经常这样说。大家认为堂兄纳德尔也很好看。他生了一张漂亮的圆脸，长长的褐色头发披散在肩头，前额上的刘海像华纳兄弟联合电视网拍摄的电视剧《飞越比佛利》里的布兰登有时候梳成的发型。纳德尔也有一双蓝眼睛，比穆萨的颜色浅，可也像人们说的："一样漂亮。"部族里的人对除了褐色之外的别的颜色的眼睛都很着迷。纳德尔与部族里一个名叫马奈尔的姑娘订婚了。我今天在这里一直没有见过她或者她的家人，所以我想或许没有人邀请他们。但是，她这个人真的非常好。姑姑们总对我说，马奈尔长得皮包骨头。纳德尔从十四岁起就开始见她，但他始终保守着秘密直到他们能够去见家长。他们不得不这样暗中来往，因为部族里不允许约会。如果家长知道了就可能拆散他们。他告诉我他两年之内不会娶她的时候，我觉得能做出这样的承诺可真是个好男人。然而，有一天，哈姆扎、比拉勒还有我和他一起坐着聊天的时候，他说："说正经的，不能跟部族里的姑娘约会，除非你骗她。"

我吓坏了。"为什么？"我问。

"因为在结婚前你不能跟她上床，"他说，"结果，你就成了'蓝蛋蛋'①。"

　　我不懂什么是"蓝蛋蛋"，可是我对他太失望了，所以什么都没有问。我想哈姆扎也和我一样失望，因为我想看他有什么反应的时候，他根本不看我。真希望我们以后有机会再谈谈这件事情，但是哈姆扎再没提起过这个话头。我还记得自己心里想："我绝不欺骗我的未婚妻！"此时此刻，看着纳德尔和卡迪佳走向舞台，我仍然在想那件事。

　　新娘一方的宾客都站在她的父母身边。音乐声再次变弱，继而消失，来宾们渐渐安静下来，甚至能听到人们呼吸的声音。大厅里只有空调机发出嗡嗡的响声。最后，正当新人亲友团和新人的父母、叔伯、姑婶姨妈、兄弟姐妹、堂亲、表亲、侄子、侄女、外甥、外孙女、女儿、儿子、朋友和乐队队员都等人发号施令的时候，灯光暗淡下来，主持人飘然而出，大声宣布："那么，现在……"他故意停顿了一下，"请大家起立！"于是，五百人都站立起来，向门口望去。人们呼吸的声音变得更加急促。我能感觉到五千个脚趾头用力抓地，控制着一千只脚、一千只手和一千个髋骨，使它们不至于晃来晃去。我仿佛看见鼓手将手掌放在鼓面上准备着。我还感觉到爸爸正如他在我心目中的那副样子，坚定不移地站在那里。我能感觉到这一切，可还不够。我要亲眼看见！于是，我跳上椅子，从攒动的人头上望过去。我看见大厅里，

_____

① 指性欲被激起而没有得到发泄的男人。

人们仿佛随时都要爆发。他们踮起脚尖，身体前倾，假如相互之间站得再稍微近一点，就有可能全部扑倒在地。而唯一一个昂首挺立的人就是我爸爸。他的座位在小舞台前面，服务台的另一侧。他直挺挺地站在桌子前面，将空无一人的过道尽收眼底。他像一只鹰，锐利的目光盯着大厅入口。双手背在身后，眉头紧锁。"双手合十，"主持人说，"为新郎、新娘……阿里·亚当和祖拜达·尤瑟夫祈福！"

突然间，音乐声响起，烟花像金色的火星沿着过道迸射，门打开，欢声雷动，宾客们都面带喜悦，放松下来。阿里和祖拜达出现了。他们款款而行，身后是三个头上缠着白色头巾（我们称为**库费亚斯**）的男人。他们一边跳舞，一边拍打着**弹拨尔**。阿里和祖拜达在身后欢乐的鼓声和身边女人们"**哩-哩-哩-哩-哩-哩-哩矣！**"的叫喊声中缓步向前。乐队奏起节奏明快的阿拉伯舞曲，主持人引吭高歌："**吉那-哦-吉那-哦-吉那。**"意思是"我们来了，我们来了，我们来了。"阿里和祖拜达开始跳舞。祖拜达的睫毛因为刷了很多睫毛膏看起来像骆驼的眼睛，扑闪扑闪，显露出蓝色的眼影。她脸颊涂得粉红，嘴唇被暗红色的唇膏覆盖，又长又瘦的鼻子淹没在厚厚的粉底里几乎看不出来，活像吉萨的狮身人面像。她身穿长裙，看上去就像一只巨大的白色秃鹫，拖着三米长的尾巴。头戴花冠，薄薄的白色面纱罩着她的脑袋。阿里叔叔身穿黑色西装，头发向后梳理得一丝不苟，同我家走廊挂着的猫王埃尔维斯一个样子。咧嘴笑的样子也是埃尔维斯式的。

新郎新娘朝舞池走去，在舞池中间站定，摇摆着双臂，扭动着屁股，两人开始翩翩起舞。亲友团和父母们把他们围着中间。接着，人们离开座位，都涌上来，围了一圈。他们在新人周围拍手、扭动、挥舞手臂。嘭！嘭！哩-哩-哩-哩-哩-哩矣！嘭！

一群男人围成一圈，跳起杜博科舞，一个瘦骨嶙峋的秃头男人在前面挥动念珠，像鼓手一样狂舞。从我站着的地方可以将这一切尽收眼底。阿里和祖拜达拉着泰太和法蒂玛的手开始前后摆动。接着，祖拜达的爸爸和艾胡德大伯也被欢乐的人群推进舞池。他俩在宽肩膀和大肚子的带动下似乎只是挪动双脚。他们退出来之后，更多的人加入进来，面对新人起舞。妈妈和娜姐婶婶也加入其中。妈妈站在新娘、新郎和娜姐婶婶旁边，显得个子很低，但是她高举双手，眉开眼笑，尽情地扭着屁股。接着，易卜拉欣叔叔也加入进来。他一边跳，一边抓住他的兄弟阿里，亲了一下他的左脸，又亲了一下右脸，然后又亲了亲左脸。

亲友团在他们周围一对儿一对儿地跳着，伴娘们深红色的抹胸裙更突显出新娘裙子洁白如雪。雅思明姑姑的一对双胞胎儿子扎克和赞恩不知道从什么地方钻了出来，围着阿里叔叔跳舞，尽量避开祖拜达。这小哥俩一个穿着灰色紧身套装，另一个穿白衬衫，扎绿领带，若非如此，简直一模一样。哥俩十九岁，都身材矮小，染黄的头发梳理得根根竖起，过度的举重训练把脖子都"训练"到肩膀里去了。扎克的肱二头肌特别大，在空中挥舞手臂的时候胳膊几乎伸不直；赞恩的胸大肌异常发达，把衬衫撑得鼓鼓的，连领带都仿佛陷入胸骨之间。我发现祖拜达的小哥伊萨和他的伴娘一起跳舞时，不停地翻着白眼瞪双胞胎，但是这哥俩谁都没留意，他们的心思全在新郎身上。这"白眼"可以追溯到两个月前阿里叔叔和祖拜达的订婚仪式上——小哥俩因为一个姑娘跟人打了一架。此刻，伊萨离开萨娜，靠近阿里叔叔和他姐姐。他加快舞步，有意比双胞胎跳得更起劲。阿里叔叔和祖拜达都盯着他看。双胞胎避开他的目光，嘴角露出得意的笑容。他们漫不经心地转过身，面对面地跳。后来，他们的爸爸妈妈也加入进来。父亲哈伦夹着香烟的手指垂在半空中，接着又把烟叼在嘴角继续舞动双臂。哈伦努力把目光集中在他的妻子和儿子身上，可是我发现他的目光不停地从一个女人身上溜到另一个女人身上。大家都眉开眼笑，有的人汗流浃背，有的男人蹦蹦跳跳的时候手里还端着威士忌酒杯。十几岁女孩的短裙随着轻盈的舞步颤动着。婚礼乐曲演奏了一个多小时。这当儿，人们在舞池中进进出出。我爸爸却始终坐在桌子旁边，面对过道，警惕地观察着。他双臂交叉放在腿上，又黑又亮的眼睛一直盯着入口。最后，婚礼乐曲结束，新郎新娘被请到小舞台的座位上。我继续观察，一边吃努尔剩下的三片香熏牛肉，一边喝可乐。可乐太甜了，我的手指不由得颤动了几下。

乐队又奏响了音乐。客人们开始吃吃喝喝，有的人继续跳舞。我的姐妹和表姐妹都走进舞池。从墨尔本来的表哥艾马德、穆斯塔法和费萨尔不甘落后也都翩翩起舞。艾马德叫我加入他们的队伍。我面带微笑摇了摇头。我不会跳舞，当然更不会在这儿跳。一想到跳舞我就恶心——部族的这些人挤在一起，大汗淋漓、气喘吁吁、上蹿下跳。我尤其厌恶跳舞时人们那种得意忘形、大声叫喊的样子。他们一边"喔！喔！喔！"地叫着，笑着，一边举起双手在空中晃动。我站在高处观看部族里的人跳舞，看见他们随着身体的扭动和摇摆，以不同的节奏、不同的幅度上下点头。我心里想：这些人在干什么呢？这样摇来摆去有什么意义？如果不问所以然，只是为了寻开心，那么我们跳舞跟动物有什么区别呢？

我们这一桌仅剩下我，哈姆扎和比拉勒。努尔也在这里，可他只是坐在那儿吃东西，根本不理我们。他对我们关注的东西也没兴趣。只有在表兄弟们不借宿时他才会在我们家过夜。哈姆扎、夏娃和穆娜在场的时候他就不自在，因为他们总和他对着干。有一次，努尔和我们一起过周末，夏娃和璐璐也在。周六我们都去马路对面的公园。大家荡秋千，努尔却一个人坐在那儿，手里拿着一根不知从哪儿拣来的粗树枝，整个下午就在水泥地上磨它，要把它磨尖。

音乐声很响，震得我什么都听不见。我看了大概二十分钟。然后妈妈过来拉我的手。起初，我挣扎着想从她手里挣脱。可是妈妈这天情绪亢奋力大无比，硬是把我从座位上拉了起来。我只好由她拖着走进舞池。她让我举起双手挥舞，好像我原本就该会跳舞。妈妈嘴唇微微翘起，洁白的牙齿在绰绰舞影中宛如一轮新月。我看见她嘴唇翕动着，好像对我说什么。可是音乐太吵，什么也听不见。我只好点头应付。跳舞的人在舞池里为了给自己争得"一席之地"，胳膊、腿、屁股不停地碰到我。多数都是女人，三四个人一组，跟自己的女性亲属一起跳——妈妈、姑嫂、姨妈、表亲、姐妹。有的妻子跟丈夫跳，还有几组三个女孩围着一个男孩子跳，这男孩子多半是她们的哥哥或者表哥。现在，我和妈妈基本上没有目光交流。我们都东张西望，看还有谁在舞池里。我朝亲戚们瞟了一眼，看到来自墨尔本的表兄，那三个"沙漠猴子"——艾马德、穆斯塔法和费萨尔。他们和我一般高，在大约两米开外的地方尽情舞蹈。他们也看见我了，朝我笑了笑，越发起劲地跳了起来，仿佛正和我对舞，要把自己的能量投射到我身上。奥萨姆叔叔和他妻子娜妲也在跳舞，娜妲比他高出许多。奥萨姆叔叔跳舞的时候也用手指缠绕头发。一只手仿佛握着变速杆似的在身前向外摆动，另一只手在头上转动发卷。有一会儿，我甚至忘了他在妻子身边看上去多么滑稽——他那红彤彤的脸庞刚好够到她乳房的高度。那对乳房随着舞步像排球般跳动着。人群中我注意到摄影师正在努力捕捉镜头，光秃秃的脑袋和摄像机的镜头在人群中晃来晃去。我随着震耳欲聋的鼓声蹦跶，可总是跟不上节拍，只好停下脚步，挥舞双手。后来有人从后面抓住我的胯骨左右摇晃，大叫："嘿兹！嘿兹！"意思是"摇！摇！"我乱晃一气。姑姑雅思明低头盯着我。她的胯骨似乎天生就是为生双胞胎设计的。她配合着手的动作，左摇右摆，好像开着一辆大卡车。我被姑姑和妈妈夹在中间，但是她们忘了我的存在，两人对着跳起来。我趁机逃回座位。哈姆扎、比拉勒和努尔还坐在那儿，我对他们摇头大叫："狗！"比拉勒和哈姆扎看着我放声大笑，努尔则只管闷头大吃。

　　人们又吃吃喝喝跳了一个小时。期间，新郎新娘不时被从座位上拉起到舞池中央。终于，音乐声又停了下来。下一首乐曲奏响前的几秒钟，哈姆扎对我说："嘿！咱们到外面去吧！"这时，音乐声又响起，我们分开人群向外跑。我闻到香水味、剃须膏味、汗味和啤酒味混合在一起的那股怪怪的气味。穿过人群跑向过道的时候，我尽量不盯着大表姐们紧贴着大腿和屁股的短裙子看。

"哈啰，巴尼！"跑到门口的时候我听到一个男人的声音。我停下脚步转过身来，看见一张桌子的一端坐着沙迪和丽玛——那对基督徒店主。他们向我笑，露出粉红的牙龈和又白又亮的牙齿。我站在他们面前，不知道该说什么。他们也无话可说，只是呆呆地盯着我，就像我买"红皮"①时，他们等我掏钱的样子。这感觉很糟糕，兜里的钱不够，而且他们也意识到我不得不把"红皮"再放回到货架上。我尽量大声说："噢，嗨！"然后，冲他们挤出一个假笑，仿佛说："对不起，没钱了！"然后讪讪地笑着，因为白白耽误了他们的时间而差愧。我又开始挪动脚步，起初，向后走，仿佛要向他们表明我没有从他们静悄悄的小店里偷任何东西。走出大约一米开外，我转身，跑出了招待所。

外面，男人们三三两两站在入口周围和停车场的不同地方，一边抽烟一边大声聊天。"这些人可真他妈的疯狂，"哈姆扎对我说，"我讨厌婚礼。"哈姆扎跟我不一样，他参加过好几次婚礼，有时候甚至一周一次。我们部族里的婚礼就是这个频率。

"是呀！"话一出口，我就发现自己的声音比平时高。耳朵

---

① 雀巢公司生产的一种覆盘子口味的甜食。

里的嗡嗡声阻碍了嘴里发出的声音，便转而到脑袋里轰鸣。我竭力回想刚才跟沙迪和丽玛之间到底发生了什么？我到他们家的店铺时，两个人对我一直都不错。可是，今晚，他们干吗要打扰我呢？就像所有精明的商人一样，他们当然知道我没钱。如果不惜在一个口袋空空的孩子身上浪费时间，一定是因为太需要关注了，不论这关注来自何人。今天晚上，没有别的成年人对我表现出多大兴趣，他们为什么会关注我呢？现在部族商业发展迅速，订单雪片似的飞来。那是真正的订单，来自四面八方。沙迪和丽玛和我们长得一样，说话一样，穿的也一样，不同之处就在于他们是我们称之为**格哈利 - 比恩**的人——局外人。即使他们受邀参加婚礼，大伙儿也要让他们通过我们的目光，跟他们说话的方式，甚至全然漠视，让他们明白，他们和我们是不同的。真可怜，这两个人竟然试图通过和一个孩子搭搭话来掩饰被人视为异端的尴尬！于是，我懂了，尽管耳朵嗡嗡作响，听不清自己心之所想，但我意识到，作为一个部族，他的成员不仅仅意味着不同的装束和不同的饮酒方式，橄榄色肌肤和长长的鹰钩鼻子背后还有更多的内容。部族中某种看不见摸不着的东西把我们囊括其中，却把他们排除在外。即使一个小孩，也因为属于这个部族而具有了凌驾于他之上的力量；即使一个小孩，对他们来说也变得富有价值。我的血管里流淌着部族人的血液，这血液不曾与他人分享，这血液历尽千年，直至那一天它流入我们的躯体，使我们成为这地球上真正与众不同的存在。在这醉生梦死、贪得无厌、虚情假意的人群中，它耐心地等待着天空燃起火焰，神的光芒终将照耀我们。这些想法混乱而充满魅惑，我试图追踪它们，却被接下来的情景突然间打断了。"嘿，看！"我对哈姆扎大喊。他站在我前面——静静地，可能刚才这段时间也陷入了沉思。

　　三个小伙子停留在通往第二层停车场的台阶上。他们脑袋刮得光滑，两个大一点的留着山羊胡子，最小的那个坐在台阶上，身体前倾。另外两个站在他面前，挡住了台阶。小的喊叫着："我没事！我没事！"大约一个小时前，我在招待所里就注意到他们。他们一直坐在那儿喝酒，举着酒瓶子和威士忌杯子比比划划，不停地喝，还哈哈大笑。他们坐在靠近服务台新娘座位的一侧，所以我猜他们是新娘的表亲。三个人都皮肤白皙，像白人至上主义者一样剃了光头。他们肯定是黎巴嫩人。部族里的人，要么来自于叙利亚，要么来自于黎巴嫩。我能辨认出谁是从黎巴嫩来的，因为黎巴嫩人肤色都浅些。听说法国人占领过黎巴嫩，我想这就是他们肤色浅的原因——黎巴嫩女人一定是打破传统和法国男人通婚了。我们称阿米娜姑姑为叙利亚人，因为她是我们家族中肤色最深的，也因为她丈夫哈伦出生在叙利亚，这总让她恼火，其实没必要。部族里的人本来都是从叙利亚来的——包括我们。艾胡德大伯告诉我，两百年前我们才来到黎巴嫩，因为叫作"圣战者"的穆斯林人对我们展开了屠杀。"这也是为什么部里没有学者的原因，"他说，"他们被邀请去和平谈判。可是，等到学者们都聚齐了，士兵就把他们锁在清真寺里全部活活烧死。**吉达 - 吉达 - 吉达 - 吉达 - 吉达 - 阿克**——你们的曾 - 曾 - 曾 - 曾 - 曾祖父从此逃到黎巴嫩，生活在深山老林。"

"我没事儿！"台阶上那个小家伙又叫喊起来。

"哎，那就起来。"那个大一点的小伙子说道。他摊开手掌，像个食人恶魔似的向小家伙伸出奢拉在身旁的双臂。

那个小家伙把手搭在栏杆上想站起来，却向前倒去，嘴里喷出秽物。那两个大小伙子一下子跳开，才没有被溅到身上。灯光下，一摊秽物在第一级台阶上四处流淌。那个小家伙跪在刚刚吐过的地方，继续呕吐，连胆汁都吐了出来。

"他们是我兄弟的同伴，"哈姆扎说，"是巴特·尤瑟夫家的。"

"是你的亲戚吗？"我问。

"那个小家伙是。另外两个是哥俩。"

人们都转过头去看那个吐得昏天黑地的小家伙，但是没有人过去管他。"我没事！"他边吐边说。两个兄弟站在一边，等了一会儿，然后把他拉起来，扶着他走向停车场出口。他们迈着小步，尽量躲开小家伙的脚，看上去像是要站到一边去，生怕被吐到身上。或许他们自己也喝醉了。他们脸上斜睨的眼睛仿佛正在搅动柠檬汁，一脸的嫌弃状，但是我想也可能是为了躲开那难闻的气味。那股气味闻起来像松节油的臭味。他们从我身边走过时那股气味扑面而来。其中一个看了一眼哈姆扎，冲我们挤挤眼。

我们看着"酒鬼们"跟跟跄跄地回到招待所。这时哥哥跑出来，嘴里发出嘘声，说有人要打架。

"谁和谁？"

"扎克和赞恩，"他说，"他们要揍祖拜达的弟弟。"

我们和爸爸妈妈两边家族的男人都聚在停车场那头。扎克和赞恩摆出一副男子汉大丈夫的架势，面对伊萨和他身后的三个堂兄，包括一个十七岁叫拉姆塞的家伙。那家伙像只伞蜥蜴似的看着我傻笑，抹了发胶的头发硬硬地向上竖起，大张着嘴露出牙齿，只要我们一靠近，就猛扑过来。总共有十个人。我们这边有易卜拉欣叔叔、奥萨马叔叔和哈姆扎的大哥纳德尔。此刻，他们都虎视眈眈站在那里，时刻准备迎战对方。

扎克和赞恩身材短粗，豹眼圆睁，直盯盯地看着高大瘦削的伊萨。双方的争斗其实由来已久。三年前，部族里有个叫茉莉的姑娘甩了伊萨去跟扎克约会。麻烦在于部族里的男孩和男孩的母亲都想得到茉莉，因为她长得非常迷人。两个月前，祖拜达在家里举办了订婚仪式，就在那个仪式上，伊萨骂扎克是"割草机"，意思是说，他偷了他的女人。他在起居室里像条沙漠眼镜蛇钻来钻去，嘀嘀咕咕。扎克径直走过去一巴掌打在他脸上。于是大家都跳起来。伊萨大喊大叫，结果在场的堂兄弟们互相殴打起来。差不多所有参加订婚仪式的父亲都急忙过去把自己的儿子拉开。伊萨被拉开之后，还在那里大叫："她离开我找了个笨蛋！笨蛋！笨蛋！"那天唯一没有参与的人是我父亲。他对我说，不干我们的事，我们应该离远点。回家的路上他对妈妈说："这些男孩子真不要脸，简直是把自己的脸往那姑娘的屁股上贴！"

今天晚上，伊萨又站在两米开外骂扎克"割草机——笨蛋——脓包！"伊萨吐出的每个字都像一把抛出的飞刀。扎克听到这恶毒的咒骂，气得面部扭曲，他还嘴道："她离开你是因为你的鸡巴太小了，老兄！"扎克跨前一步，靠近半米，他弟弟紧随其后。伊萨也跨前一步，又是一个半米，他的堂弟跟在身后。扎克径直走到伊萨面前，两个人像准备马上开战的拳击手，拉开架势——扎克向上，伊萨向下，两人互相瞪视。他们俩都肩头向下，胸脯隆起，双拳紧握放在身体两侧，像两只后腿站立的大猩猩。扎克看上去比伊萨强壮许多，虽说个头不高，但是肩膀宽，肱二头肌高高隆起，又长两个结实的"大力水手"的手臂，强壮弥补了个头不足。伊萨呢，恰恰相反，像个篮球运动员——瘦削、细长，比两个双胞胎高出整整一英尺。我第一次见到伊萨的时候他跟我说自己是个怂包，不会为了狗屎去打架。他告诉我，只要有麻烦他就会找哥哥穆萨——那个跆拳道高手。此时，我四下张望，等着穆萨出现。他虽然和"双胞胎"一般高，但是他是职业赛手，"双胞胎"不可能是他的对手，两个人加在一起也不是对手。

伊萨和扎克开始互相冲撞，像两头牛对顶起来。

"来呀，你他妈再打我一个嘴巴，矮个子笨蛋！"伊萨吼叫道。

一想到可能出现的斗殴，我就心跳加速。扎克会猛击一拳，伊萨也会挥拳还击，当然前提是他能挺住那一拳。接着大家互殴起来，你拉我扯，吵吵嚷嚷。人们会从招待所里冲出来，男人加入其中，女人高声尖叫，大家各执一词，婚礼就此被毁。部族里的人会怎么说"巴特·艾姆·艾胡德"呢？艾姆·艾胡德会怎样为"巴特·艾姆·艾胡德"辩解呢？我看见泰太，牙齿掉光的嘴角挂着一丝微笑，泪水慢慢地从眼睛里流下，撕碎她金色的皮肤。这情景不断在我眼前涌现，我的心怦怦直跳。

"来呀！"伊萨又高声叫喊起来。看见扎克拳头紧握，我真担心他随时会出手。正在这时，爸爸不知道从什么地方冒出来。他穿过人群，不费吹灰之力就把两个男孩扯开。他只是双臂那么一拦，两个男孩就跌跌撞撞地向后退去。我听见扎克和伊萨喘着粗气，那声音，你知道，你肯定知道，预示马上就要爆发一场恶战。爸爸眉头紧锁，我从没见过他这么吓人。他的颧骨和下颚仿佛岩石雕刻出来的一般，鹰钩鼻子像结实的矛头，扬起的眉毛在眼睛上方投下暗影。他瞪着我哥和我，指着招待所。"拉-诸哇！"他大吼"进去！"我和哥哥转身假装离开，但是只朝招待所走了几步。父亲用严厉的目光审视着两个兄弟。易卜拉欣大笑起来，用阿拉伯语说："哦，贾布里勒。当男孩子的蛋蛋散发出气味的时候，我们就没戏了。"爸爸面无表情瞪了他好一会儿，然后用极其低沉的仿佛从肺部爆发出来的声音说："呀-阿依布-阿-疏姆-阿来库姆！"意思是"真为你俩感到羞愧！"然后，父亲转过身，对扎克和伊萨说："你们俩，不管是谁，如果毁了这婚礼，哇啦赫-卜-嗒卜-阿-昆。"意思是"以阿拉的名义，我就把他剁了。"

　　从此，我眼中的父亲变成了一名士兵。他像自己裤腿里插的那把刀一样不屈不挠——他是"亚当之家"的卫士。他身体的每一寸都由石头制成，这石头也同样铸就了他的面容。我看着这个男人，这个生下我的男人，突然之间认识到，他仿佛超越了时间之沙存在着。我问自己，如果我真是这个人的儿子，我来自何方？如果不是相同的石头铸就了我，我又是由什么制成的？

"瞧，哥们，"伊萨的堂兄拉姆塞对爸爸说，"今天晚上我们也不想大闹一场，算了吧。"他含混不清地说着——哈姆扎说所有班克斯敦的人都这样讲话。"我一直在挪儿（那儿），系（是）我干的！"拉姆塞说。父亲的脸抽动着，仿佛竭力控制着自己想要一巴掌打飞这小子的冲动。"你哪儿都不在，你他妈的什么也没干。"爸爸答道。这话虽然是冲拉姆塞说的，但实际是给所有在场人听的。"尤拉。"爸爸对我和比拉勒说。我俩回转身，走在爸爸前面。穿过停车场回招待所的路上，比拉勒向我飞快地递了个眼色。他笑了，我尽量忍着，但最后还是禁不住露出微笑。

"现在，女士们，先生们！让我们和新郎新娘一起共享他们作为丈夫和妻子的首餐……"招待所里的服务员端上美食的时候已经是晚上十点了。乐队停止演奏，开始吃东西，只有扬声器里传出《冰上圆舞曲》《爱情故事》的主旋律在大厅回响。比拉勒和我坐在爸爸身边，离小舞台大约三米远的座位上，旁边就是艾胡德大伯和他的妻子、儿子。这时，大厅里所有人差不多都换了位置，不过你没法再用摆在面前的刀叉，因为很可能已经被别人用过了。我向一位年轻的黎巴嫩服务员要一套新餐具，他嘟嘟囔囔递给我——好像不甘心今天晚上一直为我这么大的小屁孩服务。服务员按照菜单，把第一份美食端给新娘新郎——鸡胸肉配烤土豆、蔬菜和蘑菇汤。我怀着一种好奇，特别留意他们如何坐在舞台上享用这顿婚宴美餐。

大家享用美食的时候，主持人来到阿里叔叔身边，递给他麦克风要他发表感言。阿里露出大牙，尴尬得眉毛上沁出汗珠，橄榄色的皮肤变得通红。他耸起肩膀，缩着脖子，低下头，左顾右盼，目光扫视着每张餐桌上的每个人，然后迅速落在祖拜达的身上，又环视大堂里的人们。"说呀，阿里！"有人叫起来。他听了嘴咧得更大。祖拜达耐心地盯着阿里，睁大眼睛等着看她的新郎官怎样应对这首要任务。"阿——里！"又有一个人叫道。阿里开始摇头，他对主持人说了些什么，大概是"今天晚上我没有准备讲话。"

主持人看一眼来宾们，笑了。"跟我来！"他说。

阿里叔叔跟着主持人来到舞台中央。主持人把麦克风递给阿里叔叔，让他重复主持人说的话。阿里叔叔憨憨地笑着，仔细听着，然后扯开嗓门儿大声宣布："噢，祖拜达。噢，祖拜达。我们已然喜结连理，愿今生今世永远在一起。"说完，他等着主持人教他下一句，然后继续说道："即使死神白色的翅膀将岁月驱散，我们也要在一起。啊，即使在神的沉默记忆里，我们仍要在一起。"

大家热烈鼓掌，像过圣诞节似的用刀叉敲击着玻璃杯。阿里走过去当着家人的面亲吻他的新婚妻子。他的嘴唇贴着她的唇，半张着嘴，但是和我们在电视上看到的迪伦和布伦达不一样——他的嘴不动，也不伸出舌头或者做别的动作。他和祖拜达就这样保持着亲吻的姿势，好像有意为拍照摆造型，年轻小伙子们起哄，大声叫喊："呀！"女人们喊"哩-哩-哩-哩-哩-哩-哩-矣！"父亲们喊："阿拉-矣-哈尼昆！"意思是"愿神赐福于你们！"

当阿里和祖拜达亲吻时，芝加哥歌曲《爱的荣耀》从扬声器里传出来。阿里和祖拜达进入舞池跳新婚华尔兹。屋里的光线变暗，只有一束光打在舞池中央这对夫妇的身上。服务员把几个巨大的圆筒聚拢到一起，在舞池边打开，制造出烟雾缭绕的景象。新郎新娘仿佛置身云海之上翩翩起舞。

我看见阿里和祖拜达紧紧相拥。室内光线暗淡，烟雾袅袅，大堂里仿佛只剩下阿里和祖拜达。聚光灯照在他们身上，两人伴着歌声轻轻舞动。"我愿为你的荣誉而战。我是你梦中的英雄……"我注意到阿里正对祖拜达低语。"永相聚，共探寻。为了爱的荣耀，我们一起担风雨。"祖拜达颔首微笑，她双手搂着阿里的脖子，两个人一圈一圈地转着。阿里搂着她的腰肢。他身材高大，肩膀宽阔，她在他的臂弯里充满了安全感。我看着看着，不由得陷入遐思。我想，有朝一日，舞池里这个强壮的男人会是我。我仿佛看见自己的婚礼——这是部族本身的延伸。我的新娘就在这里，在这屋檐之下，此时和我一样注视着眼前的一切。她也同样有橄榄色的皮肤、褐色的眼睛、褐色的头发，和我们一样。现在，她还是个娃娃脸，鼻子如纽扣一般。但是，用不了多久，她的鼻子就会从脸上"崛起"，长成埃及女王的样子。部族里的人们也会对我说"贝特－雅尼。"意思是"她很迷人。"就像他们夸祖拜达一样。我也会在五百名宾客面前，为她歌唱，唱那首在千百个婚礼上唱响的歌。

我曾经在祖母眼中看见沙漏。此时，又一次看到了它。时间之沙指向未来。但是，假如祖母眼中的沙子枯竭了怎么办？假如它在沙丘的远方遭遇了大海，又怎么办？或许我的新娘就在大海那边。她不必穿着白色的婚纱来到这里，因为她无需向人们证明什么。不要那些假钻，也不要拖地的裙袂，更无需垫肩。她不必头戴花冠，不要面遮薄纱。我能看见她的脸。她肌肤白皙无瑕，她面含羞涩的微笑，完全不同于部族里的女孩。我能看见她的眼睛，一双蓝色的眼睛，但那只是表面的颜色，因为当我凝望那双眼睛的深处时，海洋和瞳孔之间现出黄色的光晕。她一定是个聪明的姑娘，而不仅仅是家庭主妇；一定是个受过良好教育的姑娘，有自己的工作。我与她共舞，但只限于在我们家里的私密空间；我和她拉手、聊天、谈书、看电影；我会为她唱歌，柔声细语地给她讲故事；我会为她背诵关于她的演讲。然后，自然而然，贞洁之花绽开，我再也不是处男。我们会生下自己的孩子，一起变老，然后，我死在她的臂弯里，告诉她我所度过的一生正是我曾梦想的一生，我还知道她度过的一生比她曾经盼望得到的还要好，因为，我对她好，比世界上任何一个男人对她都要好。

　　歌曲到了最后的合唱部分，声音越来越高亢，直到华尔兹乐曲结束。阿里叔叔举起祖拜达，在半空中旋转。数百名宾客，发出雷鸣般的掌声，四面八方传来起哄声："喔——呼！"这时灯光再次点亮，新郎新娘停下舞步，仍然站在舞池中央。音乐声渐渐消失，鼓声又一次响起。家人围拢到他们身边，大家重新跳起了阿拉伯舞蹈。人们扭动身体，摇摆臀部，拍手欢笑，似乎比之前跳得更加兴奋、更加充满生气，仿佛进入拳击赛最后一轮，拳击手跳上台左摇右摆，一副志在必得的样子。震撼人心的鼓声更加激烈，舞台上鼓手拍鼓的动作越来越快，看得人眼花缭乱。

　　我妹妹和堂姐夏娃、璐璐、穆娜冲过来拉我和比拉勒，想让我们和她们一起跳舞。我大笑着挣扎。后来，我发现努尔紧闭着薄薄的嘴唇，一直用那双小眼睛注视着我。有那么一瞬间，我觉得很不自在，好像我应该为自己的开心感到羞愧，可是我禁不住在音乐声中咯咯咯地笑，挣扎着想摆脱姑娘们。我被拉到舞池里，努尔的目光一直跟着我，直到我消失在人群中间。我和兄弟姐妹们一起，哈哈大笑着，兴奋地踩着鼓点，翩翩起舞。眼前的人们都变成了影子。我盯着一个影子看了一会儿，才弄清楚那是哈姆扎，不知道他什么时候也加入到我们的队伍之中。他跟我们一起大笑着开始扭动屁股。他瘦骨嶙峋，身上那件淡蓝色衬衫的两颗纽扣敞开着，露出了胸脯，腋窝处汗水淋漓。堂姐夏娃来时穿着夹克衫，此时她身着有光泽感的绿色紧身衬衣，脖子下面现出深深的锁骨窝，跳起舞来汗滴顺着锁骨向下淌。她妹妹璐璐在她身边跳，也穿着薄薄的衬衣，虽然没有露出肌肤，但我还是看到她小胸脯那儿闪闪发亮。穆娜穿着宽松的连衣裙，将身体凸起的部分很好地遮掩起来，可是这会儿她不仅摇摆，还以极快的速度抖动起来，肚子一跳一跳地撞击着裙子的衬里。她那坚韧的膝盖一弯曲，脚下就发出刺耳的声音，有力的双脚踏着地板像敲鼓一般。我的妹妹们还太小，只能呆呆地看着我们。她俩的衣服整个晚上也没换，还穿着白色的小婚礼裙，活动起来也没有任何变化。我心里想，她们裙子里面一定又热又粘，但跟新娘一样，已经适应了。我摇头晃脑，也竭力让自己适应这里的一切。我们互相碰撞，进进出出，围成一个小圈，然后再一对一地跳，然后再回到姐妹们中间。我们被大人们推搡着，可是我却始终不由自主地笑。

大家正挥动手臂跳舞的时候，阿里叔叔突然出现在半空——他的整个身体被举过头顶。我透过那些舞动着的身体之间的缝隙，看见阿里叔叔的屁股坐在易卜拉欣叔叔和奥萨马叔叔的肩上，腿耷拉在他们胸前。祖拜达摇着头，她举手伸向阿里。阿里看着他的新婚妻子，身体和双手向她扑去。易卜拉欣和奥萨马被弟弟压得呼哧带喘，他们哈哈哈大笑着。原来是他们俩把阿里抛向空中。我心里正想着这不公平，突然间祖拜达也被抛起来。她和阿里在空中此起彼伏，手舞足蹈，不知道是跳着空中舞蹈还是在竭力保持平衡。祖拜达发现自己身体向左倾斜，于是就向右用力，结果倒向了右侧。阿里叔叔的身体则总是向前倾斜。他伸出狗熊般的大手搭在他哥哥的头上、肩上。最后，这一对儿新婚夫妇互相凝视着，身体前倾，拉住手，一起晃动。下面的人拍手欢呼。祖拜达在空中晃动的时候，我看清是谁把她抛起来的。她的大裙子整个落在那个人身上。是祖拜达的大哥穆萨，那个跆拳道手。祖拜达蜷缩在他的肩膀上，像女人侧身骑着一匹马。穆萨的胳膊、脖子、胸脯都被她那白色的婚纱包裹住了，只露出脑袋。不知道他有没有觉得妹妹太沉了，因为他面不改色，嘴唇微张，显得非常放松，一双蓝眼睛像雷达一样注视着我的两个叔叔，似乎有意要与他们一决雌雄。他那副神情在我看来就是一名真正拳击手的标志——故弄玄虚，隐藏起所有的弱点，一副稳操胜券的样子。阿里和祖拜达被人们抛了好一阵儿，才被放回到地上。他俩踉踉跄跄地站稳了脚，紧接着就又跳起舞来。他们跳得汗流浃背、气喘吁吁，直到客人们一家一家地渐渐散去。

到夜里一点钟的时候，只有一百来个人还在招待所里，多数都是新郎和新娘的直系亲属，比如我奶奶和她的子孙们。有的人准备告辞，还有一些人仍然坐在桌边，吃着、聊着、吸着烟。舞池中基本不剩下什么人，但凡还在的都是最亲近的人。与婚礼开始时一样，泰太和她的大儿子，还有祖拜达的父母拉着新人的手围成一圈跳起舞。我站在尤切维德的身旁注视着这一切，觉得这时才是整个晚上最祥和的时刻。他们围成一圈轻轻起舞，脚步坚实。男人们不至于因身体笨重跟不上节奏，女人们也不至于因体力不支而气喘吁吁。鼓声轻缓，招待所大厅的荧光灯都被打开，照亮了雾蒙蒙的房间，裙子上假钻石的光芒也变得柔和了。家人们围在略微暗淡的灯光下沿着顺时针方向跳舞。那位整个晚上一直躲在人群里的摄影师此时倒比谁都抢眼。他手拿巨大的相机缓慢而熟练地在新人和他们的家人周围打转，一会儿拍特写，一会儿取广角，好像整晚都在等待着这个时刻的到来。

　　我细细观察这群人，尤其是他们手牵手的样子。阿里拉着祖拜达的手，祖拜达拉着泰太的手，泰太拉着艾胡德的手，艾胡德拉着哈桑的手，哈桑拉着法蒂玛的手，法蒂玛拉着阿里的手。我觉察到尤切维德离开我，试图到泰太身边。泰太一开始背对着她，然后，随着圈子旋转，她进入奶奶的视线。泰太立刻松开祖拜达的手，尤切维德迅速插入婆媳二人之间，抓住她们俩的手。她比大人们矮很多，双手举过头顶才能拉住大人的手随着大家转圈。尤切维德"吊"在那儿随着大家转了二十分钟，然后，鼓声停息，舞蹈结束。

我们沿着过道站成一排，形成一条通道直达出口，泰太和祖拜达的父母站在门边。新郎新娘最后沿着通道走下去——只有此时，他们才走向外面，从我们的历史一直走进我们的未来。他们一路拥抱亲吻每一个人，人们都说："阿拉-矣-汉尼昆！"这是部族里的人对新婚夫妇送上的祝福。有的拥抱和亲吻纯属礼节性的，就像祖拜达亲吻我叔叔和婶婶们；有的拥抱和亲吻则是热烈的。祖拜达搂住一个和她年龄相仿、穿着黄色紧身裙子的姑娘，久久不愿松开，她将头伏在那姑娘的肩膀上哭了起来。"阿拉-矣-汉尼昆！"那姑娘对她说。

阿里叔叔对他的哥哥们尤其动情。他拥抱易卜拉欣叔叔，然后放开他。易卜拉欣叔叔说："阿拉-矣-汉尼昆！"然后，阿里叔叔又拉住奥萨马叔叔，拥抱他，又分开。奥萨马叔叔说："阿拉-矣-汉尼昆！"我刚好站在爸爸和比拉勒身边，看见阿里叔叔拉住爸爸，紧紧地拥抱他，然后，抽出身，轻轻地说："谢谢！"爸爸的眉头仍然紧锁着。

就在阿里离开的时候，我看见爸爸终于从这一晚上的戒备状态中放松下来。他笑了，低头看着我，居然呵呵呵地笑了起来。这笑声比这场婚礼中我见到的其他一切都意味深长。爸爸的任务完成了，可以休息了。现在，至少这会儿，他可以开心了。我也笑了起来。哥哥也跟着笑了起来。妈妈把妹妹们带过来，我们一家人终于可以开心大笑了。摄影师就站在那儿，问我们要不要一起拍一张照片。妈妈和爸爸站在后面，比拉勒、尤切维德和我站在他们前面，璐璐站在我们前面。从后面看，她的大脑袋和肥大的裙子把她的脖子都淹没了，活像一个破玩具。摄影师手拿相机放在眼前，拍下了新郎新娘拥抱泰太的镜头。他们俩同时抱住了她，全家人都注视着他们。泰太声音哽咽："阿拉 - 矣 - 汉尼昆！"接着，她用阿拉伯语大声喊，那架势仿佛她就是西奈山上的摩西："如果你不好好照顾她，阿里，噢，阿里，如果你不好好照顾她，我就狠狠地惩罚你！"尤切维德的子孙们一起哄堂大笑，送阿里和祖拜达到门口。我们全都跟在他们身后走出来。祖拜达最后一次转身拥抱她的母亲。那女人就站在门口，背对着我们。祖拜达把头伏在她的肩上，我看到泪水顺着她的脸颊流淌下来，弄花了化了妆的脸。她喃喃地说："妈妈！"然后，转过身拉住阿里的手。

阿里和祖拜达被引领着坐上一辆等在门外的白色奔驰敞篷车的后座上。月光下，敞篷车车身发亮。部族里的人说，他们的生活从婚礼这天起真正开始了。我想象着自己的生活将来也会这样，在什么地方，与我的妻子一起开始。当专职司机载着我们缓缓驶离婚礼现场，我也会回头看着一百多位家人向我们挥手道别。我将一直生活在虚幻中，直到我的姑娘远渡重洋来到我们这片沙漠的海岸。我站在父母的身边看着敞篷车发动起来，带着新婚夫妇离开招待所。祖拜达和阿里回头望着我们，露出洁白的牙，憨笑着，向我们挥手。大家都挥手，有人因为喝多了摇摇晃晃，有人困得直打哈欠，但是大家都在笑。因为我们都知道部族的生活还要继续。这一切发生时，我只有九岁，但当时的情景总是历历在目。月光皎洁，夜色清凉，奔驰车缓缓驶离班克斯敦的街道，尤切维德的孩子们在车后高声欢叫：

"阿拉 - 矣 - 汉尼昆！""阿拉 - 矣 - 汉尼昆！"

艾胡德的母亲

这一切发生时我只有十一岁，但当时的情景总是历历在目。就在我要去学校时，母亲让我到祖母那里坐一坐。我已经好几天没有去看泰太了。她每天晚上都因为腿疼而尖叫难眠。她的双腿呈褐色，肿胀得像要破了似的，上面布满了红色的痂。泰太常让妹妹尤切维德坐在她的腿上，这样她觉得舒服些。尤切维德仍然在为祖母跑前跑后。她和祖母同睡一张床。有时凌晨一点，泰太会小声对她说想要水瓶，尤切维德就跑到冰箱前去给她拿。冰箱里总有为泰太准备好的三瓶冰水。泰太睡觉时，尤切维德也上床睡觉。早上尤切维德离开泰太去上学，下午放学她便回到泰太身边。祖母的床已经很旧了，我猜想自从她和祖父——我的杰都[①]，来到澳大利亚，就一直使用这张床，但我从来没有真正问过此事。这是一张钢床，特别重，木质的床头板，通体用粉色油漆刷了一遍又一遍。泰太睡在一个两倍于一般长度的枕头上，尤切维德也经常把头枕在上面。她身上的味道和泰太一样，像一种阿拉伯香料的气味。

尤切维德走出泰太的房间，从我身边经过。她背上背着书包，手上捧着毛巾，长长的黑发盘成一个小圆髻。她矮小而结实，像个小女人似的。她看上去有些激动，我知道为什么。

"好的，但只能待一分钟，"我对母亲说，"我得早点儿去学校，我们今天举行游泳嘉年华。"我穿过前门通向客厅的走廊。这里，除了天花板上的烟雾警报器和挂在挂镜线上的时钟，其他地方基

---

① 阿拉伯语音译，意思是爷爷。

本上一直是空的。烟雾警报器和时钟都没有放电池。时钟来自拉肯巴一家穆斯林书店，它里面有一张圣殿克尔白（伊斯兰教最神圣的地方）的图片，背景有水印，形状像清真寺。过去它还好用时，每小时都会发出响声召唤人们祷告，但声音模糊不清，就像被一辆小汽车碾过一样。电池没电了是皆大欢喜的事情，因为它每晚都让我们心烦，可没有人抱怨过一句，唯恐亵渎神明。走廊的右手边是我父母的房间，左手边是我的房间。在拉肯巴的房子里我只需和大我一岁的哥哥比拉勒分享一个房间。走廊尽头，屋子分成两个房间，一个是泰太和尤切维德的，另一个是大客厅。卫生间就挨着泰太的房间，可是对她来说还是太远了，她得用便盆。

泰太房间的门开着，爸爸和艾胡德大伯坐在里面陪着她。"噢，嗨，阿姆，"我对艾胡德大伯说，"您来得真早。"

"我昨晚在这儿睡的。"他说。

父亲一直告诉我，要把阿姆·艾胡德当成祖父看待。从某种意义上讲他当之无愧。我的祖父四十七岁时就去世了。他是面包师，爸爸告诉我他非常强壮，能用肩膀担起两袋一百公斤的面粉。祖父是我们这个部族的成员中第一个死于澳大利亚的人。祖父去世时我爸爸十一岁，艾胡德大伯二十一岁，正准备结婚。为了照顾一家老小，他推迟了一年婚期。他告诉我他认为，作为长子，自己对巴特·艾姆·艾胡德一家有着不可推卸的责任。

这是艾胡德大伯第一次留宿，非常奇怪。他像个小孩子一样坐在泰太身边。他身材矮小而肥胖，经常穿一件宽松的棕色马球衫，但是今天他却穿了黑色套装。他坐在那儿，手指捏着夹克衫的翻领轻轻地摩挲着。艾胡德大伯尖鼻子、黑眼睛，脸上浓密的黑色短胡须已经开始变白。尽管他和爸爸长得很不一样，但不知怎么的，一眼望去，他们就是亲兄弟。爸爸瘦削而健壮，身材像范达梅①，山羊胡子。

"过来坐下。"爸爸对我说。我看见泰太在床上坐着，她看上去不开心。她以前很胖可现在却很瘦。每次去医院，医生都会从她身体里抽出很多液体。看到她变得那么瘦，我很伤心。记得小时候，如果爸爸打我，我就爬到泰太的肩上看着她把爸爸赶走。她用有力的手臂轻轻拨一下，就把爸爸推开。她虽然有劲儿，但胳膊上的肌肉很柔软，像装了温水的塑胶袋子，挥动时皮肉微微颤动，现在已经瘦得皮包骨。泰太满头银发在脖颈四周披散开来。我紧挨她坐在床上，她看我时皱着眉头。我什么都没说只是盯着前面。艾胡德大伯从轮椅下取出泰太的便盆拿进卫生间。爸爸坐在我旁边笑了笑。自从泰太生病，这间卧室里一直放着几把椅子。挨着泰太床边还有两把椅子和那张轮椅。每当有机会坐到轮椅上，我都喜欢试试看向后仰成什么角度能翻过去。祖母房间的门一直敞开着，一把椅子靠在门上。不久前，也就是在泰太搬来和我们一起住之前，这个房间属于尤切维德。现在仍然可以看到小姑娘房间的痕迹。墙壁是粉色的，左手边还有一张鲜艳的《小熊维尼》海报。房间里还有一张祖母和尤切维德的照片，因为掉下来摔过一次，所以相框上没有玻璃。照片上泰太正把一个插了花的花瓶

---

① 比利时足球运动员。

递给尤切维德。妹妹穿着红白条纹的T恤衫，满头秀发，一手接花瓶，另外一只手向镜头挥动。尤切维德盯着镜头，泰太盯着尤切维德，她们都在笑。

我耐着性子在祖母床边坐着，没有目光的交流，也不说话，只是直盯盯地看着前面。我在心里默默地数了几秒，然后说："我得去学校了。"

在街上我遇见了奥马尔，他住在我家马路对面，我们是同一个年级，都住在凯特琳大街上。这条街比拉肯巴的任何街道都短，只有几百米长。因为人行道边上有巨大的桉树，所以地面上总是有桉树坚果。桉树影响了电话线，社区便经常过来砍掉一些树枝。凯特琳街上大多数房子要么被拆掉重建过，要么翻新过。有几所新房子突然成对儿出现，那是有些父母希望结了婚的儿子可以住在自己的街对面。凯特琳街上的人几乎都是穆斯林或者阿拉伯人。到了晚上，尤其夏天，家家户户都会到游廊聊天，抽水烟。母亲告诉我这和黎巴嫩一样，但我想象不出来，我从未去过那里。

街的拐角处就是我们的学校——拉肯巴公立学校。奥马尔在拉肯巴公立学校是个头头，他领导着所有六年级的学生，我们踢足球时他总当队长，玩"公牛冲"时他总是最后一个被抓住。如果有人对此提出异议，他便推倒他们开始一场打斗。我刚到这所学校时认为自己不可能和他成为朋友。但是后来，就在上学的第一天，放学的路上，奥马尔走过来问我："哎，巴尼，你家住哪儿？"

我回答："凯特琳街。"他睁大了眼睛。

"几号？"

"二十二号。"我说。

"我住二十三号，"他尖叫道，"好了，兄弟，这真是再好不过了！"

"啊，阿拉！"我想。

从那以后，每天早上上学前我们都会见面，放学后一起出去玩。有时距离响铃大约还有两个小时，他就到我家了。我不得不让他进屋，让他看电视并和我们一起吃早饭。家里人都喜欢奥马尔，但我们还不习惯让不是亲属的人在家里待那么久。让大伙儿特别为难的是奥马尔是逊尼派教徒，而我们部族是什叶派。奥马尔的逊尼派教徒特征太明显。事实上，他的名字只有逊尼派教徒才会取。

我和奥马尔第一次见面时并不知道这些，但这两个教派的人相互憎恨。在伊斯兰教世界里，人们大都是逊尼派教徒，拉肯巴也不例外。我们街上的居民除了来自部族的三家人和奥马尔家隔壁的什叶派一家，其余都是逊尼派教徒。艾姆·娜比拉和她的丈夫以及五个孩子和我家隔四个门，她们原本是从叙利亚移民过来的。我的姑姑雅思明一家住在街道另一端的四十六号。雅思明姑姑是我爸爸的姐姐。

来自少数教派就意味着我的兄弟姐妹和我对伊斯兰教各教派的了解要比其他拉肯巴的孩子多得多。我们对自己说什么，做什么，和谁关系近，必须三思而后行。我们学着喜爱十二伊玛目[①]

---

① 伊斯兰教什叶派主流派别十二伊玛目派尊奉的十二位伊玛目。

就像喜爱先知一样。我们知道自己特别，而且没有人和我们一样。然而有一天，我们发现，和祖父结婚以前，祖母竟是逊尼派教徒。她是因为祖父的原因才转向部族教派。据我所知，我的亲戚中没有一个人和祖母那边的家人有过任何联系。我猜她一定是因为和祖父结婚被她的家人抛弃了。她告诉我，祖父亲手为她剥了一个橘子之后，她就爱上了他。在我们家，大家都闭口不谈泰太是逊尼派教徒的事情。每当我和爸爸或者年长的堂兄堂姐中的某人提起此事，他们都告诉我闭嘴。我可以问阿姆·艾胡德，他也许会告诉我，但我从未那样做过，也许我并不想知道。

泰太喜爱奥马尔，她对母亲说："不知道为什么，这孩子真是让我喜欢。"这使奥马尔获得了家人的认可。

"要下雨了。"奥马尔在我们从街道两头迎面走到一起时说。

"不，没事儿，"我说，"不会下。"

"会下的，你看，游泳嘉年华要取消了。"

八点半，我们到了学校。奥马尔对下雨的判断错了，但对嘉年华的判断对了。老师告诉我们因为今天可能下雨，所以游泳嘉年华延期了。午餐时，太阳出来了，乌云渐渐散去。嘉年华取消了真让我生气，但至少我多了几美元去食堂买午饭。我买了一个肉饼和一小包草莓奶油糖。拉肯巴公立学校的肉饼是我吃过的味道最好的肉饼，汁多却没有太多的肥肉。因为汁多，我吃的时候汤汤水水从手指间滴答下来。朋友们对此抱怨。奥马尔说我不知道该如何吃肉饼。"应该从上面打开，用勺子吃。"他说。

奥马尔是阿拉伯版本的巴特·辛普森，经常陷入麻烦之中。

他个子矮，眼睛又大又圆，深棕色的皮肤，浓密的黑色卷发像某种花穗一样从未弄直过，甚至涂了发胶也弄不直。对于一个十一岁的男孩儿来说，他太强壮了，这也是他之所以能够领导所有六年级孩子们的原因。奥马尔的父母和我的父母一样来自黎巴嫩。学校里几乎每个孩子都有来自黎巴嫩的家长。因为我在紧挨雷德芬的亚历山德里亚长大，所以我知道澳大利亚人怎样吃肉饼，就没有理他。

操场上到处都是孩子，怀特老师正在操场上值班。她人不坏，可我们还是不喜欢她。她打分严厉，容易泄气，声音低沉，嗓门洪亮，身材肥胖，是所有教职员工中个子最高的。她留着灰色的短发，戴着厚厚的眼镜。奥马尔的爸爸在家长与教师的访谈活动中见过她之后就断言她是个女同性恋。

我离开食堂走到操场，太阳在云层里缓缓地滑进滑出。路上，我突然看见爸爸的弟弟奥萨马叔叔，还有他的两个女儿宰纳卜和齐娜，他们站在操场上。我眨眨眼又看了看。大中午，在学校里看到自己的成年亲戚是件奇怪的事。有成年人在操场上逗留总会让老师们感到紧张。宰纳卜和齐娜看上去很困惑。"巴尼，过来，"阿姆·奥萨马说。我只是盯着他。他是个小个子男人。我家族里的人都矮，可阿姆·奥萨马最矮，脸上还总是有胡碴。他手指上缠绕着一绺头发。只要他坐着闲聊，只要他指间没有香烟，他的手就在头发里绕来绕去。奥萨马叔叔把无袖套衫掖进夹克。他的眼睛一直很红，看上去就像从不睡觉一样。我们从亚历山德里亚搬到拉肯巴时，他得了精神分裂症。

奥萨马叔叔在亚历山德里亚时很开心，他住在楼上，母亲和兄弟们住在楼下，可以很好地照顾他。我们离开亚历山德里亚时，阿里叔叔、奥萨马叔叔和父亲都搬进了在拉肯巴买的房子里。易卜拉欣叔叔搬进瑞伍德公寓。奥萨马叔叔痛恨家人分开的生活，我认为他还没准备好靠自己生活。他开始说一些奇怪的事情，还不断地说着要为他的后背支付一大笔乱七八糟的费用。他还在等。有一天，他对我说，是他污染了悉尼的水。他说他把一头死奶牛推进了沃勒甘巴水坝。和我说这些的时候，他的手指快速地卷着头发。

"巴尼，"奥萨马叔叔重复道，"快过来，我得带你回家。"

"什么？我不能回家。"

"快过来，巴尼，我们得走了。"宰纳卜说。她只有十岁，但她不得不快速成长以弥补她爸爸的疯癫。她在学校比我妹妹璐璐高三个年级。

我看着叔叔和堂姐妹们，仿佛他们是疯子。你总不能在中午的时候就大摇大摆地走出学校吧！奥萨马叔叔真的精神错乱了。"巴尼，到这儿来。"他对我说。我盯着他看了一会儿，然后走了过去。"快点儿！"他说，"你爸爸让我把你带回家。"

"我不能回去。"我说。

奥萨马叔叔迈步走近我，眼睛像往常一样红，呼吸间有烟的味道。"**西塔克 - 马提特。**"他说。我后退一步，瞪着他，他是说我的祖母死了。我无法相信为了要我跟他回家，他竟然编出这种伤天害理的话。

"你不能说这种话！"我厉声说道。

"快点吧！"他重复道，"你爸爸要我把你带回家，你妹妹们呢？"

我的心在胸口怦怦怦地跳起来，天旋地转，操场也变得模糊不清。我四下张望，寻找尤切维德或者我的朋友，可谁也看不到，只有阿姆·奥萨马的脸在眼前晃动。"快点吧！"他又说了一遍，"你祖母死了。"

后来，我看见了梅萨。她从职工停车场里出来，正走向办公室。她穿着黑色细跟高跟鞋。我什么也听不到，只听到高跟鞋敲打在混凝土地面上的声音，一步又一步。她看上去好像眼含泪水。梅萨是阿姆·奥萨马的妻妹，我几乎不认识她，只是在家庭聚会和婚礼这样的场合见过她几次。我估计，她只有二十出头，但也可能猜得不对，或许要大很多。她留着黑色长发，下巴很宽向前突出。梅萨发现尤切维德和她的朋友们站在一起，正吃着和我一样的肉饼。她朝尤切维德走去。我眼里的这一切都变成了慢动作。怀特老师看到梅萨便朝她走过去。

"你在这儿干什么？"怀特老师大声问道。

"我得带这个女孩儿回家。"梅萨大声说道。她说话的声音很低沉。

尤切维德愣在原地。

"你不能想带她回家，就带她回家。"怀特老师回应道。

"巴尼，快点儿，我得带你回家。"阿姆·奥萨马又说了一遍。

"回到你的车里去！"怀特老师冲梅萨喊道。

"我得带这些孩子回家！"梅萨大声叫喊着，"他妈的，他们的祖母死了！"

此时，除了妹妹尤切维德，大家都像冰冻了一般。妹妹踉跄着后退，手里的肉饼掉在地上。接着，大家又都活动起来。妹妹的朋友们围在她的身边，梅萨去拉她的手。怀特老师转身向前面的办公室跑去。我走过去，手里还拿着肉饼和草莓奶油糖。"啊，尤切维德，走吧！我们得回家！"我含糊地说。

奥萨马叔叔跟着我。"来！"他在我耳边说。我一直盯着妹妹，她却没有注意我，只是跟着梅萨向小汽车走去。我向四周看了看，我的朋友奥马尔、杰哈德和莫森都盯着我看。"我得走了。"我告诉他们。我走向一个垃圾箱，扔了肉饼和糖，然后和尤切维德、璐璐、宰纳卜和齐娜硬挤进小汽车后排座。阿姆·奥萨马和梅萨坐在前面。汽车载着我们转过街区驶进凯特琳街。女孩们的哭声此起彼伏，过了一会儿，终于，我也开始哭。这并不像我，但也没什么关系，没人注意到我。

我们在房子前停了车，落了一地的桉树坚果在轮胎碾压下纷纷破裂。一下车，母亲便跑过来拉我的胳膊。"巴尼，"她说，"巴尼，**西塔克**叫你来着，她想要她的水瓶，她叫你来。"我困惑地盯着她。母亲披头散发，看上去和早上一样。她的眼睛里没有泪水，妆容依旧齐整。"过来，过来，"她说，"你的祖母叫你来着。"

我走过房子的前院，这里以前是草地，但现在都被混凝土地面覆盖了。这条街上的阿拉伯人有个习惯，用混凝土盖住每一样东西。混凝土地面被漆成绿色，跟周围土黄色与褐色油漆的护墙板房子还有尖桩篱笆很相配。两头粉刷成黄色的石狮子守在台阶上，分别坐落于两侧栏杆末端，爪子放在身前，坐得笔直。台阶也是混凝土的，漆成了褐色。台阶通向小走廊，为了和房子其他部分相配，小走廊铺着地砖。走廊里有六把露营折叠椅挤在一起，它们是父亲商店里的。父亲的商店从未休息过。他的店一周营业七天，公休假日营业，圣诞节营业，节礼日①营业，甚至新年前夜也营业，他不在乎自己会得罪谁。有一次，一名骑警来到店里告诉他，立即关门，直到午夜十二点开门，因为那天是澳大利亚国庆日。父亲关闭店门，等到骑警离开就又开门营业了。我猜想店里现在是关门了。这让我为爸爸难过。以前，我从未为他难过，也许仅仅因为，他不想让我为他难过。他已经失去了父亲，现在又失去了母亲，也许他已经习惯这种事情。

　　我沿着走廊进入泰太的房间。房间里，爸爸和她的姐妹们阿姆图·雅思明与阿姆图·阿米娜都围在祖母的床边。阿姆图·雅思明和她的丈夫、女儿以及两个儿子住在这条街的下面。阿姆图·阿米娜住在利物浦，她也有两个儿子，还有两个小女儿。爸爸背对着我坐着，艾胡德大伯从后面走过来对我说："过来，过来，和**西塔克**道别。"他把我从爸爸与姑姑们中间推向前去看祖母。祖母静静地平躺在床上，身体已经开始发青但本色还在。青色似乎是从她的皮肤下面泛出来的。泰太的眼睛闭着，嘴唇向嘴

---

① 圣诞节次日或是圣诞节后的第一个星期日。

里凹陷。我以前从未见过死人，也没见过哪个人这副模样。电影里人们死去时也不是这样。我想起我曾经听过的关于死亡的比喻：死亡像个门把手般直挺挺的，死沉死沉。我无法理解祖母的尸体，因为我找不到真实的东西和它相类比。我一直想：她死了，就是这样，她死了。

"布萨。"艾胡德大伯说。我俯身靠向她，泰太的眼球在眼皮下凸起，我靠近她时感觉到她变凉了。我把嘴唇压在她脸颊上不到一秒钟就离开了。起身时我注意到她的头发——稀少，短而白。看上去和早上一样。

我跑出卧室进入走廊对面自己的房间。灯关着，我的身体靠着门边滑下去，我把头放在膝盖中间，哭了起来。没人注意到我。盒式录音机里传出《古兰经》里的诗文，声音很大，在整个房子里回响。我想让它停下来，可它不会。这是一个男人的声音，他用阿拉伯语把一个又一个词拉长或压缩，就像在悲叹、在哭泣、在哀鸣。这声音在房子里回荡。它本该是优美的，可此时这一切却只是在提醒我：泰太死了！泰太死了！泰太死了！我闭上眼睛感到睫毛贴在脸上，又沉重又潮湿。我喉咙发紧，胸口像被什么重物压着。我记起小时候也曾像现在这样坐着，头放在膝盖间，让泰太给我洗澡。她坐在一个牛奶箱上，把我们放在腿中间挨个给我们冲洗。我长着长而浓密的卷发，像个黑色的小羊羔。泰太把手伸进发卷儿里仔细地揉搓，那双手像是深深扎进泥土里的树根。我清楚地记得她得了关节炎的僵硬的手指。有一次，爸爸和阿里叔叔尝试取一块泰太刚烘焙好的比萨饼，他们手上垫着两层布，可还是因为太热拿不了。接着，泰太走过来空手拿起比萨饼送到了客厅。她的手已经麻木得失去了知觉。这也是为什么她能把我们洗的那么干净的原因，她从不知道她给我们洗澡的手有多么粗糙。

我一直把头埋在膝盖间，听着外面的动静。一曲祈祷文结束，新的一曲又开始。"比 - 伊斯米 - 拉西 - 拉赫玛尼 - 拉西米。"这是"以高贵的、仁慈的神的名义"在屋子里回荡，声音中夹杂着哭泣声和交谈声，但不时被音乐的声浪淹没，显得模糊不清。我弄不清外面的情况，可听起来房子里有很多人。

门开了，一双黑色的细跟高跟鞋在地砖上啪啪响。我抬起头，梅萨正盯着我。"嘿！"她说。梅萨就是这样一种人，有的人说她热情火辣，有的人则说她装腔作势。她脸色煞白，哭着，眼泪从眼睛里涌出来，但五官没有任何表情。我曾听说她做过整容手术，鼻子、眼睛和下巴都和先前不一样。她的眼泪就像从飞盘里流下来的水一样。她坐在我的床上低头看看我，"我知道你很难过，"她说，"但我们应该记住那些美好的时光，是吧！"

我点了一下头，什么都没说。

"你还好吧？"她问。

多么愚蠢的问题，我自从出生以来就和祖母生活在一起。我生活中的每一天都能看到她，可我却从未见梅萨来看过她，甚至不知道她认识祖母。现在，她居然对我大谈该怎样表现悲伤，跟我说些陈词滥调。我想让她马上离开，无论付什么代价。"嗯，我很好，"我说，"我很好。"

她站起身，走了出去。我再次把头埋到两腿中间，等那扇门关上。听到关门声，我抬起头，目光掠过哥哥的床铺向上呆望。阳光透过彩色玻璃窗，从两块蓝色的窗帘间照射进来，被分成小正方块和三角形，但整体上还是窗户那个大苹果形状。每天清晨，太阳升起，阳光穿透玻璃，将最美丽的色彩洒满我的床铺。可是，夜色降临，妈妈有时候会把窗帘拿下来清洗。那苹果的形状就会让我害怕。于是我躺在床上盯着它，等待着看会发生什么。墙壁上石膏塑成的植物和灌木花纹与房子高高的天花板上一圈装饰窗搭配在一起，让人觉得仿佛这里的一切随时都会活动起来。小时候，一害怕我就爬到哥哥的床上，但是最近他不让了。他总威胁说要离家出走，我再也不能拿帮他写作业作为交换条件了。他现在读高中，我已经无法理解他学的那些东西了。

　　我的房间里也有一圈挂镜线。就在床头的上方，用它挂着一副领袖像。父母告诉我第一次世界大战中这位领袖在叙利亚保护了我们的人民。我的家人因此都爱戴他，尽管我们来自黎巴嫩，而且我们本该讨厌叙利亚人，因为他们到黎巴嫩抢了我们的工作。他们说，这位领袖用他的目光和两根手指向上一指就可以打下入侵的飞机。除此之外，我对他一无所知。我房间里挂他的唯一原因就是这房子里没有别的地方可以挂他。领袖看起来老了，他跪着，探身向前亲吻一位更老的妇人的手。有人告诉我，那是他母亲。画像很小，镶嵌在红色的相框里。我想知道那位领袖的母亲是什么时候去世的？想知道她去世的时候他是否伤心难过？在阿拉伯话里，人们说，如果父亲没了，你还有神；但如果母亲不在了，你就应该挖个坑把自己也埋葬了，因为没有什么可以替代母亲。祖母就是我的母亲。我从不知道有一天我会失去她。我吃的饭都出自于她的双手。我努力回想，是不是有那么一次我亲吻这双手的时候，也被照了下来，但却想不起来。或许，我从未向她表示过她应该得到的尊敬。现在，她不在了。

我站起身，离开卧室走进祖母的房间。爸爸和阿姆图·阿米娜还有阿姆图·雅思明仍然坐在泰太的尸体旁。爸爸背对着我，门边的椅子空着，我坐在那儿盯着祖母。妈妈从客厅里面出来走向我。"巴尼，巴尼，"她说，"泰太想要水了，去给她拿水来。"我没理妈妈，仍盯着泰太。妈妈拍拍我的肩膀。"去给她拿水来。她一直叫你，要你帮她拿水。"最后，易卜拉欣叔叔进来，把她拉出卧室，带回客厅。易卜拉欣叔叔没有哭，没有尖叫和大喊，或者显得意志消沉。人们原以为他会是一副瘾君子的样子，但今天他却穿了一身套装，还把脸和脖子刮得干干净净，这使得他的喉结凸显出来。他两侧太阳穴处的皱纹深深嵌进面颊。易卜拉欣叔叔没有正式工作，经常做油漆工，有时候也在爸爸的店里干活。我过去经常和他开玩笑说顾客看见他一定会把他和爸爸弄混，说："贾布里勒，你需要刮刮脸，修整一下鼻子了！"

阿姆图·雅思明一直含糊不清地说一些我不太清楚的关于她母亲的事。阿姆图·阿米娜挨着她坐着、听着。阿姆图·阿米娜是爸爸姐妹中最年长的一个。随着时间的流逝，我见到她的次数越来越少，直到有一天，泰太跟我说她失去了阿姆图·阿米娜，还说她也失去了玛利安，而且现在正在失去易卜拉欣和奥萨马。

我问她怎样才能再次找到她的孩子们，她用阿拉伯语说："靠神的旨意。"

爸爸挨着泰太坐着，我看见他的后脑勺，一动不动。他的肩膀紧绷着，可能是双臂交叉抱在胸前的缘故。他肩宽腰细，像钢铁侠。他是我知道的最坚强的人。他哭泣着转身看谁在身后。他看到了我。我们注视着对方，我眼中有泪水，他以前见过；可是他眼中的泪水，我以前从未见过。他把脸转过去，三秒后，又转回来。他看着我，下唇颤抖，山羊胡子也抖动着。眼泪没有从脸上流下，却一直在眼睛里打转，变得愈加的厚重。爸爸又看了我好一会儿，终于抬起肩膀和双臂向我耸一下肩，任由眼泪掉了下来。他转回身看着他的妈妈，之后，又转向我，又重复耸肩，犹如重锤的打击。随着他双臂的动作，我所知道的每一盎司的力量都不断地击打着我。我曾以为这双磐石般的臂膀是无坚不摧的。此时，在我生命中，我第一次看到了那个真理——我来自于哪里？我是什么做成的？透过泰太的眼睑，我望进她的眼睛，最后一次，望进个沙漏——时间之沙，再也不流动了。我的心开始起伏，像要坍塌一般。我感觉到好像血从一个动脉上的小洞汩汩流淌。我回到了沙漠，回到我来时的地方。父亲垂下双臂，那铸造了他的磐石在我面前崩解了。此时，我才知道，他一直都是沙子做成的。这简直难以承受——祖母眼睑后面隐藏着的秘密现在落到了爸爸的肩上。我不知道该如何处置。

我移开了视线。

阿姆图·雅思明还在喃喃自语——她的话因为流泪变得模糊。

她东倒西歪。"艾米，我不知道……"她咕哝着，"我不知道。"
在我看来，她像个孩子，完全崩溃了。以前她在星期三和星期五
的下午来看望泰太的时候，我也见过她这样，只是那时没有眼泪。
她会坐在祖母的床边，轻抚着泰太的白发，好像她的手和脸是**萨**
赫莱巴制成的——那种温暖、甜蜜、添加了肉桂的饮料。就是在
那段日子里，我们坐在泰太的身边什么都不说，阿姆图·雅思明
让我看明白了一个道理：当我们的母亲即将死去时，我们又回到
她们的子宫。在我们轻启的手指和母亲的头发之间，填满的不是
我们的丈夫和妻子，不是我们的朋友和邻居，不是我们的领袖和
英雄，甚至也不是我们的子女。我想那里或许就是神之所在，在
那里，成为创造、连接和给予生命的力量，正是这种力量使阿姆
图·雅思明和尤切维德所有的孩子屈服了。阿姆图·雅思明有着
浓密的褐色卷发和浅橄榄色的皮肤。她跟阿姆图·阿米娜长得很
像，只是阿米娜更老点、更黑些——一位像祖母一样有着金色皮
肤的叙利亚人。我看见阿姆图·雅思明不停地睁开眼睛又闭上。
我看见她的大儿子赞恩最后走进了卧室。赞恩的双胞胎弟弟扎克
只比他小两分钟。他二十一岁，但行为举止仿佛已经四十岁了。
无论什么时候聊起天来，他都会说："等你到了我这个年纪，你
就懂了。"无论什么时候，大家坐在一起，说起从书本上看到或
者在学校里学到的那些似乎充满智慧的话，他都会说："闭嘴！
尽说屁话。"赞恩的皮肤一年前开始爆发青春痘，现在满脸坑坑
洼洼。他从来不笑，至少最近两年我没见他笑过。他就像系列电
影《终结者 II》里扮演 T-1000 的那个人，当然，除了矮很多，他

胳膊、胸部、肩膀上凸起的肌肉与剧中人也不尽相同。我想，他和他兄弟重得跟火车似的大概是为了弥补身高的缺陷吧。他进来挨着他妈妈坐下。阿姆图·雅思明开始啜泣，她不断地说艾米。阿拉伯语中这是"妈妈"的意思。"啊……艾米……啊……艾米。"

"妈妈！"赞恩对她说，他正对着她的耳朵，但她似乎什么也听不到。"妈妈，节哀吧！"他说。他抱着她的肩膀，把她拉近些。她的胳膊变得像果冻。我看着她的眼睛闭上又睁开，我注意到阿姆图·雅思明每次闭上眼睛，总会闭更长一会儿。"啊——咿——啊。"她呻吟着。这次，她闭上眼睛后就一直闭着，身体开始在椅子上晃动。赞恩站起来。"妈妈！"他大叫道，"妈妈，醒醒！妈妈！"赞恩哭起来："妈妈！"

阿姆图·阿米娜也站起来大叫："雅思明，雅思明。"阿姆图·雅思明想要起来，她摇摇晃晃。赞恩用壮硕的胳膊扶着她，支撑着她站起来。"妈妈！"赞恩大喊。艾胡德大伯和易卜拉欣叔叔闻声慌忙赶到卧室。赞恩摇晃着他母亲。终于，她睁开了眼睛，环顾四周。"艾米……"她低语着，"艾米。"

艾胡德大伯让易卜拉欣去取些水来，他扶着阿姆图·雅思明坐下。他跪下来，身体前倾，在她的耳边低声说了些什么，之后他回转身，像早上那会儿那样，开始用手指摩挲夹克上的翻领。赞恩向卧室四周望了一会儿，然后，他和艾胡德大伯离开了。易卜拉欣过一会儿回来了，他拿着一杯水递到阿姆图·雅思明的嘴边。她的嘴唇贴在杯子边儿上，假意喝水。水杯拿开后，边缘上留下好多的唾液。

阿姆图·阿米娜惊恐地看着阿姆图·雅思明。她双眼紧闭，满含泪水，眼泪顺着满是皱纹的脸颊流淌下来。之后，她又睁开眼睛，什么都没有改变，泰太还是死去了。阿姆图·雅思明和阿姆图·阿米娜让我很难过。阿米娜的丈夫巴萨姆是个好人，他们生活得还不错，但是因为她是家里最年长的女儿，人们期待她成为"巴特·艾姆·艾胡德"女性圈子——艾胡德"母亲之家"里的艾胡德。阿姆图·雅思明没有那种责任，但她却承受着更沉重的负担。人们跟我说，她年轻的时候很性感，可是现在已经风华不再，因为丈夫哈伦总是殴打她。

　　有一次我问："爸爸，你打过架吗？"

　　他说："打过。"

　　"和谁？"

　　"你姑姑雅思明的丈夫。"

　　"怎么回事？"我问。

　　"我把他的牙打掉了。"他告诉我。

　　"为什么？"

　　"因为他打我姐姐。"

　　这番话从我父亲嘴里说出来让我特别自豪，但是我也很困惑。在我的印象中，我们这个族裔的文化传统是一般不该插手别人丈夫和妻子间的私事。我问起他这个，他告诉我，我错了。"如果有人打你的姐妹，你一定要杀了他。"他说。我努力想象爸爸和哈伦打架的场景。我知道爸爸心里明白，哈伦仍然时不时地殴打雅思明，但这并不妨碍他在他们家旁边买房子。

我不知道我是该为姑姑们感到难过，还是应该对她们表示愤怒。在过去的十年里，我几乎没有见过她们中的任何一个女人，至少直到泰太生病之前。在部族里，这成了对她们的诅咒——所有女人都成了丈夫的附属品。就这样，我的姑姑们因为她们的婆婆而失去自己的母亲，我母亲蕾拉拥抱了他们的母亲却以失去自己的母亲为代价。泰太过去总是对我妈妈说："你比我的孩子们都强。"我是泰太的孩子，我和我的兄弟姐妹都是。过去我天天可以看到泰太，如今我再也见不到她了。我为妹妹尤切维德感到难过。今晚她睡在哪儿呢？明天放学回家，她该奔向谁呢？话说回来，我怎么能知道我的姑姑们失去了什么？我没有失去过母亲，不是吗？我母亲就在这儿，不是吗？她在房子里忙来忙去，累得几近疯狂。

　　我听见房屋的前门被推开，地板上响起沉重的脚步声。"妈妈！"一个声音大叫着。我转过身，看见阿里叔叔跪在门厅中间。艾胡德大伯从客厅里冲进去，把他扶起来。"噢，噢。"艾胡德揽着阿里的肩膀说。阿里叔叔是爸爸最小的弟弟。他是唯一一个不会说阿拉伯语的人。还不到一岁时，他就到了澳大利亚。阿里是我们家族中块头最大的人。他身高近六英尺，体重一百公斤，大腿粗壮，肩膀宽阔。效力于"初级兔子队"时，他的"霹雳神腿"威力无比，他驰骋球场时就像一艘远洋班轮冲进大海一般，势不可挡。没有什么力量可以让这个男人跪下来。阿里被直接带进客厅，他们没有让他先去看泰太的遗体。

　　我坐在泰太卧室门前的椅子上，看着家族成员们急匆匆地赶来。下一是纳德尔。纳德尔是阿姆图·阿米娜的大儿子，同时也是我们堂兄妹中排第二的。纳德尔已经订婚，但是数月前，又取消了，因为他在未婚妻的电话里发现了一个男人的号码。对我来说这没有什么意义，他一直都对她不忠。唯一比纳德尔大的堂兄是亚当——艾胡德大伯的儿子。纳德尔站在门口盯着他母亲。他那长长的棕色头发盖住大半个额头。"疏……"他说，泪水充满了他的眼睛。"疏叟……"他努力蹦出两个词，我们都知道他想说什么，但却始终没说出来。"疏叟尔？疏叟尔？"之后，纳德尔跑进来张开手臂扑倒在泰太的身上，他抱着她，大声哭喊："泰太！"他对着她哀嚎："啊，泰太！"

　　接着，祖拜达走了进来，她是阿里叔叔的妻子。怀里抱着刚生下不久的法蒂玛——他们以祖拜达母亲的名字为她命名。我们家族搬离亚历山德里亚的一个原因就是阿里娶了祖拜达。阿里当时二十四岁，祖拜达十八岁。家人都说祖拜达和阿里是绝配。因为她长得像个模特，又高又瘦，留着金色的长发。我们刚刚搬出来的时候，本来打算让泰太和阿里叔叔与他的新婚妻子住在下一个郊区的庞奇包尔。这情形大约持续了两个月。后来，有一天，三更半夜，泰太坐着出租车来到我们家。她对爸爸说，除了这个儿子，她没法跟别人一起生活。"即使你脾气不好，我也愿意，"她说，"因为你的脾气像你的父亲。"人们说我祖父脾气跟狮子一样。

　　祖拜达一脸疑惑地走进泰太的卧室，刚才她的心思没在这儿，因为她接到一个电话，或许是一条信息。今天她来这里，本以为和往常一样，是来看望婆婆的。最近，每天家里都来很多人看望祖母。泰太生病唯一的好处是把家人聚在了一起。"发生了什么？"祖拜达瞪大眼睛问道。她看了一圈卧室里的人——爸爸、雅思明和阿米娜。易卜拉欣还有我母亲这时也在这儿。"发生了什么？"她又问了一遍。环顾四周，成年男女都在哭泣。"我们应该叫救护车。"我母亲对她说。祖拜达看着我母亲，她的眉毛拔得细细的，显得离眼睛很近。最后，她向床上望去。她突然松了手把法蒂玛摔了下去，但她毫无反应。婴儿掉在地上，发出尖声哭喊，像刚从子宫里出来一般。大约十秒钟，大家都没有回过神来，只是注视着祖拜达的反应。"噢，我的天！"她痛苦地叫喊着，突然哭起来。她走向前又退了回来，再次向前又退回来，不知如何是好。婴儿还在哭嚎，后来易卜拉欣叔叔把孩子抱起来，送进客厅。他出去时，我迅速站起来跟上他。这地方变得像个动物园。我坐在那儿，看着一个又一个家人变成了动物，他们完全失去了自我控制和三思而行的能力。这让我的胃里翻江倒海，嘴里泛起一股极其奇怪的味道，就像舔了一整天混凝土墙似的。在这整个过程中，我也变成动物了吗？或者更糟，我完全变成了一个旁观者？

　　所有家具都被搬出客厅，取而代之的是摆成一圈的塑料椅子。人们坐在一起，有的在哭泣，有的在听室内播放的《古兰经》，还有一些在说话。我家的客厅和别人家的客厅相比要大些，平日里摆满了沙发。客厅尽头是另一个卧室，是妹妹璐璐和我们家族刚生下的女孩阿比拉的房间，还有一个电视房和厨房。我们几乎还没有用过客厅。通常只有父亲在那里会客。一旦家里来很多客人，女人们就和母亲到电视房里，男人们和父亲在客厅里。沙发是奶油色的皮革面料，中间通常摆着一个棕色的咖啡桌，上面立着一本打开的《古兰经》。爸爸每天晚上都诵经。今天，沙发和咖啡桌被搬到别的地方了，我不知道他们怎么搬走的，也不知道是什么时候搬的，更不知道到底搬到哪儿了。

我们的家庭医生雅库布·阿萨德坐在那里等着。自从我们搬到拉肯巴，他一直照顾着祖母。阿里叔叔和纳德尔还有奥萨马叔叔坐在一起听阿姆·艾胡德大伯讲话。无论大哥说什么，阿里都点头。一颗泪珠顺着他的脸颊流了下来。奥萨马叔叔的两根手指插在头发里，他一边听，一边不断缠绕着发卷，缠上、放开、再缠上。易卜拉欣叔用一只胳膊抱着法蒂玛摇晃着她。"我一直跟妈妈在一起。"他一边把孩子安顿好，一边大声说。易卜拉欣叔叔的口气让人觉得他像一个阿拉伯坏蛋，像迪斯尼版《阿拉丁》里的贾法尔。他从口袋里拿出一缕用黑色发带系着的泰太的头发。他让我感到沮丧。什么？你在炫耀自己保存了泰太的头发吗？你比我们其他人更爱她吗？你还记得自己曾经让泰太多难过吗？你记得吗？我希望得到那缕头发。给我吧，或者至少让我把它给尤切维德。他在客厅里走来走去时，我向他使眼色。法蒂玛这会儿在他的臂弯处静静躺着。他看着天花板。几年来，他一直琢磨着要把它粉刷了。他告诉我，他想把这石膏雕花刷成绿色和棕色，使它们看起来像真的植物。

和其他房间一样，客厅里也有一根挂镜线，妈妈和爸爸挑出两幅画挂在那儿，一面墙上是朝圣者围绕在克尔白周围的图片。

不是真画，是一个三维效果的金黄色的碟子，装在沉重的木质框架里，用黑色的背景布衬着。在伊斯兰教中，克尔白是最神圣的地方。我父亲和艾胡德大伯告诉我，那是伊玛目·阿里出生的地方——但这似乎只对我们部族有着某种价值。学校里没有一个穆斯林听说过这个，或是在乎过这个。据说，每年从伊斯兰国家到中东去朝圣的人能把克尔白围上几圈。然而，像部族里多数人一样，我的家人没人去过那里。我们也只是在客厅挂着描绘这情景的图画。

另一面墙上，挂着一块四平方米的布，镶嵌在棕色相框里，这是父亲的岳父送给他的礼物，来自伊拉克。布面上写着先知穆罕默德及其家人的名字，还有十二伊玛目的名字，全部是阿拉伯语，每一个名字都用一根不同色彩的丝线绣成；它同样也是以黑色的背景衬托。这幅字画在多数人家的房子里都会显得太大，但是在这儿，刚刚好，与宽阔的空间和高高的天花板正相称。易卜拉欣叔叔盯着那些名字，嘴唇翕动着。我想知道他说了些什么，他又在想些什么？他今天似乎很放松，甚至有些兴奋。他知道他曾给祖母带来多大的不幸吗？给我们所有人带来过多大的不幸吗？在亚历山德里亚的时候，曾经有个人手里拿着步枪到我们家。那人白皮肤、秃顶，棕色的胡子在嘴唇上方延伸开来直到嘴角外侧，像马蹄铁似的。那人说枪是他自己造的。"我要见易卜拉欣。现在！"他说。易卜拉欣叔叔不在家，当时家里只有妈妈、泰太和我。如果那天，我们中的某一个被那家伙打死了怎么办？易卜拉欣怎么能做到每天早晨醒来时不想这些？可是，泰太在想。她对我说过，她失去了儿子。或许，最后，她原谅了他。但是曾经有一段时间，他不是她的儿子。我不知道没有母亲会是什么样子，我有两个母亲。今天，其中一个死去了，另一个的样子也好像要死去一般，可我还是有两位母亲。

突然，我听见屋子前面传来堂哥努尔的声音，那声音在走廊里回响，听起来好像人还在外面的游廊。我完全忘记了他今天会来。努尔是艾胡德大伯的第二个儿子，他每周五都过来和我们一起在这儿度过周末。周五晚上我们一起去拉肯巴的"大众音像店"买碟片收藏。到目前为止，我们已经收藏了一百一十一部电影，都堆在我的衣柜里。我们本该把这些碟放在努尔那里，但他来这儿的次数比我去他那儿的次数多，就由我来保管了。他上的是马利克维尔高中，他对同学们说，他叫诺亚，因为对于学校里的澳洲白人和亚洲孩子们来说，他的名字太难发音了。努尔比我大五岁，但这并不妨碍他喜欢一有空就和我待在一起。他星期五、星期六都在这儿睡，星期日阿姆·艾胡德把他接走。一直到学校假期来临之前，他始终保持这样。假期一开始，整整两个星期，他就一直在这里住着。

我跟努尔本该很亲近，但是现在却无法面对他。我不愿意再看到对于祖母的死，另外一个出人意料的反应，尤其不想从他身上看到。我站起身向自己的房间走去，也许在他进来之前我能走到那儿。我快到房门口的时候，努尔和他妈妈阿姆图·菲达走进了走廊。"怎么了？"努尔问我。我没有理他，径直走进自己的卧室，摔上门，再一次把脸埋在手臂里。我不知道除此之外还能做些什么。我等努尔去泰太的卧室，然后发现此事，但是他却打开我的房门直接走了进来。

"出什么事了？"他问我。

我觉得我快要崩溃了。我盯着他看。他穿着芥末色的靴子，宽松的蓝色牛仔裤，还有史莱辛格牌黑夹克。他总是把自己裹得严严实实，即使在最炎热的夏天也是如此——我们从来不讨论这个，但是我知道他那么做是觉得自己有很多地方该遮掩起来。

"什么？"

"泰太……去……世……了。"

"什么？"

"她……去……世……了。"

"谁？"

"泰太……"

停了好久，我等待努尔的反应。

"你他妈的跟我开玩笑吗？"他最后说道，粉嘟嘟的胖脸蛋现出惊恐的神色。他眉头紧锁，闭着眼睛，双唇紧闭，推了一下小尖鼻子。"噢，天啊！"他一脸忧伤，"我本来只是过来取几张影碟，却发生了这样的事。"他吃惊地张着嘴，下唇颤抖着。他想哭，但却没有哭出来。我盯着他，直到最后他冲我大喊："出去！"

我跳起来，赶紧跑回到泰太的房间。祖拜达和阿姆图·菲达也坐在这里抽泣着，她们应该是刚刚哭过。雅思明和阿米娜看起来疲惫不堪，她们的脸颊湿润，神情有些慌乱。雅思明嘴唇抽搐。

我仍然可以听出她口中微弱的声音："艾米！"菲达坐在她前面，浓黑的睫毛膏从眼睛那里顺着她光滑白皙的皮肤流下来。菲达是个强壮的阿拉伯女人，又瘦又高，一头红发。她颧骨高，肌肤紧致，眉毛尖细，朝着瘦瘦的鼻子生长。我的叔叔和阿姨们几年来一直试图让她和艾胡德大伯搬到拉肯巴，但是她不愿意。这就是他们一家至今还住在圣彼得斯大街的原因。

我听着《古兰经》以及人们的呻吟声、悲哭声。突然，警笛声从外面传来。我顺着走廊向前门望去，一辆救护车停在了我家门前。妈妈奔向门廊。"快！快！把泰太带过来。救护车来了！"她向两个医护人员跑过去。"我婆婆，"她喊道，"她在里面。"

两个医护人员都是白人，大块头，比我们家里人都高。他们穿着深蓝色的制服，黑色系带靴。制服看起来像连体的工作服，可能只是裤子和衬衫，但是我看不出来从哪里分开。他们走起路来昂首挺胸，其中一个人拎着一个医疗箱。他俩来到我祖母的房间，屋里的人们面面相觑，一脸疑惑的神情。爸爸没理会他们，阿米娜和雅思明姑姑对视片刻，也没有说什么。阿萨德医生冲进卧室。"对不起！"他对医护人员说，"我是雅库布·阿萨德医生。这里有人去世了，几个小时之前。"阿萨德医生来自黎巴嫩。他英语说得很流利，澳大利亚口音，但能明显地听出来不是他的母语。他是个年轻医生，四十多岁，唯一能显露出岁月痕迹的是他的额头发际线后移成了窄窄的拱形。阿萨德医生多次在不同场合下跟我的家人说，他总有一天会成为一名政治家。他每周都和鲍勃·卡尔总理会见一次，与他讨论澳大利亚中东族裔社区当前面临的问题。自从几个月前的拉肯巴警察局枪击案发生之后，这一问题日益凸显。

两个医护人员中肤色较浅的一位皱着眉头看着医生。"二十分钟前一个叫蕾拉·亚当的人打的电话。"

"尤切维德·亚当几个小时前去世了，她是蕾拉的婆婆。"阿萨德医生解释道。艾胡德大伯过来看是怎么回事。他抓着夹克的翻领，在手指间揉搓。我试着去了解他为什么没有哭。他的确能够控制自己。我真希望可以钻进他的脑袋里看看他到底在想些什么？难道是因为长子的身份使他一直忍着？此时方知，我很幸运，因为我不是兄弟姐妹中年纪最大的那个。不知道将来某一天哥哥比拉勒是不是也要被迫如此坚强？我起身去找妈妈。我要到外面去，起身经过艾胡德大伯身边。"努尔在哪里？"他十分平静地问我。

"啊，他在我的房间。他没事。"我说。我穿过走廊，沿着楼梯下楼。我的妹妹璐璐和阿比拉在门廊那里站着。阿比拉是我们家中年龄最小的，她比其他人都幸运，是在拉肯巴出生的。也是从那时候起，我父亲意识到打骂不是教育孩子的好办法；也是在那时候，我们家的收入好了点，房间也多了些，可以置办些新家具，买一台电视和一些玩具，我们还有了自己的床。阿比拉出生的时候，父母开始溺爱孩子，这也是为什么她总喜欢哭。她"咿咿呀呀"一哭就引起别人关注，但是今天她没有出一声。我不知道她是不是明白泰太去世了，懂不懂这意味着什么？但是，她似乎弄明白了今天是个重要的日子，她的眼泪和唧唧歪歪今天都不管用，没人管她。她只是顺着栏杆往外看。那双棕色的大眼睛和光滑的圆脸蛋像个桃子。我为她难过，我的小妹妹，她今天只能自己照顾自己了，只有璐璐陪着她。哥哥哪里去了？他是我们之中唯一到年龄上高中的。他可能还在上课，还不知道他的泰太已经去世。妹妹尤切维德呢？她钻进哪个地缝消失了？

　　我走到停着救护车的路边。车的后门开着，妈妈在里面坐在担架边上耐心地等着。时间仿佛过了一天一夜，新的一天到来了似的，但是现在甚至还不到三点钟。太阳依旧当空照，孩子们还没有放学经过凯特琳大街回家。邻居们纷纷出来看我家出了什么事情。从我家往下走过四个门就是艾姆·纳比尔的家，她们是这条街上唯一一家和我们属于同一个部族的人。艾姆·纳比尔跟我妈妈是好朋友，她跟她丈夫站在她家门廊上往外看。她可能以为和几个星期前，我们隔几天就要为祖母叫救护车一样，这次又是为祖母叫了救护车。如果她知道艾姆·艾胡德死了，一定会很伤心，但是现在看来，她只是很担心。马路对面是艾姆·费萨尔的家，她是我朋友奥马尔的妈妈，她和两个年龄最大的女儿站在外面盯着救护车，艾姆·费萨尔和她的五个女儿都戴着希贾布①，这是我们部族的女人和逊尼派女人的主要区别之一。并不是部族不再信奉希贾布，而是按照我们的学者所说，她们被西方文化腐蚀了。我们部族没有很多学者，这也是我们问题多多的一部分原因。艾姆·费萨尔是个体型有些胖的女人。有一次奥马尔跟我妈妈说，

---

① 穆斯林妇女戴的面纱或头巾。

他觉得我妈妈很漂亮，我妈妈说："你妈妈也很漂亮。"当时奥马尔和我互相看了对方一眼，好像我们心里都清楚那是个谎话。为了打破尴尬的沉默，我对奥马尔说："她的确有副亲切的面孔。"

紧挨艾姆·费萨尔家的是艾姆·穆罕默德的家。她和她的家人都是什叶派教徒，像部族人一样信仰十二伊玛目。艾姆·穆罕默德是我妈妈的另一个朋友，她比我妈妈年长许多，也比艾姆·费萨尔和艾姆·纳比尔年龄大。她一直跟我祖母相处得很融洽。孙儿们是她们的主要共同话题。我记得有一次艾姆·穆罕默德跟我祖母说她很怕死，祖母笑着说："没有比那更美好的事情了。"艾姆·穆罕默德也很胖，但是她年纪比较大，胖不胖也就无所谓了。每天早晨，她沿着凯特琳大街一家一家地喝咖啡。有一次她敲我家的门，我把门打开，她一看见我就说："为什么你们家总锁着门？"

在邻居的围观下，医护人员和艾胡德大伯还有阿萨德医生一起出来了。他们走向急救车，我妈妈满腹狐疑地盯着他们。"尤拉，"她说道，"我们要走了。她在哪儿？尤拉，去把她带出来。"

阿萨德医生走到妈妈身边，对她说了些什么。妈妈没有理他，朝我这边看。"去把你祖母带出来。"她对我说，"尤拉，我们必须走了，别忘了从冰箱里给她拿瓶水。"

艾胡德大伯看着我，摇了摇头。"她死了！"他冲妈妈大声说，"从救护车里出来！她死了！"他和妈妈僵持了一会儿。他们只是瞪着彼此。我以前看过他们俩的这种表情。当一些本来应该知道的事我却不知道的时候，别人就会用这种表情看我。就像有一次我们开车穿过城市，我跟爸爸说："我们还从来没有经过自由女神像，今天能从那儿经过吗？"等红灯时，他停下车，当时就是用那种表情看着我。艾胡德和妈妈都认为对方缺乏常识。最后，他们不再彼此瞪视，艾胡德大伯抓着妈妈的胳膊轻轻地把她拉下了救护车。

医护人员走到了我大伯旁边，跟他解释了什么。他一边跟他们说话，一边揉搓夹克的领子。他点头，嘴唇翕动着，但我不知道他在说什么。妈妈也站在他们旁边，看看这个，看看那个，似乎不同意他们说的话。她张着嘴，眼帘低垂。那一刻的她，看起来像个山顶洞人。

医护人员关上急救车的后门，绕到前面，发动车离开了。艾胡德大伯把手放在妈妈的后背上，把她带回家。她看起来依然困惑不解。街的对面，邻居们看着。他们一定放心了，可能在想：**感谢上帝，那些人没有再一次把艾姆·艾胡德带走。**

救护车刚走，一辆灵车就开了过来。邻居们开始害怕了。

这辆灵车属于坦佩清真寺。长辈们自己安排葬礼。因为部族不大，所以只需要一辆灵车就够了。我总能看见灵车停在清真寺的车库里。这是进入清真寺的备用入口，也是繁忙日子里的推荐入口，比如，当艾德-阿-拉德哈——宰牲节来临的时候。我总是盯着灵车看，以为是辆豪华轿车。我从来没有坐过豪华轿车，总想知道豪华轿车坐上去什么感觉。我跟爸爸说我想向清真寺租一天这辆车。爸爸大笑着说："相信我，很长一段时间内你坐不上那辆车。"今天，想起爸爸的话，我不觉得很可笑了。灵车就停在我家的车道上，两个男人下了车。其中一个是阿布·贾马尔，另一个叫侯赛因·阿卜杜拉，是阿布·萨尔曼族长的儿子。侯赛因个子很高，秃头，他的长胳膊长满了汗毛。"要是把这些毛发移到脑袋上的话，啊？"我知道这想法冒出来有点不厚道，尤其在这个时候。但是我也没责怪自己，因为我想象不出他会在乎我祖母，哪怕是一点点。我想知道这是否是他的工作，他可能就是干这个赚钱的，我想冲他尖叫："你别想把她带走！"

阿布·贾马尔是坦佩清真寺的首领，我为他们这样的人感到悲哀。他们一直想把我们聚在一起，向我们传授伊斯兰教，可是年轻人不感兴趣。女孩们穿着不端庄，男孩们一聚会就喝酒。没人喜欢斋月的时候禁食，没人尽其所能地祈祷。我们应该每天祷告五次，可是我们每年只祷告一次。我从不知道阿布·贾马尔会亲自来收尸。他个子很小，戴着眼镜，留了一撮小胡子。

当阿布·贾马尔和侯赛因往我家走的时候，一个女人大哭着跑过来。"呀，艾姆·艾胡德！呀，艾姆·艾胡德！"她好像是我们部族中的一员，但是我不认识她。她个子很矮，比雅思明和阿米娜姑姑都矮，但是她有同样锐利的目光和尖尖的鼻子。她从我爸爸和姑姑、婶婶们身边走过，站在我祖母的遗体旁边，抽泣着看着祖母。

"玛利安，玛利安……"阿米娜姑姑尖声哭了起来。她拽着这个女人试图引起她的注意。这是我爸爸最小的妹妹——玛利安，在亚历山德里亚时住在我们楼上的姑姑。她丈夫声称我祖父在黎巴嫩还有一块地，还说那块地应该卖了，玛利安应该分得一部分钱。在家人发现其实那块地并不存在之前，祖母和爸爸就拒绝了他们，于是玛利安就离开我们，去了别的地方。我记得她离开的那天，在楼下的客厅里，她丈夫站她身后，她的前面是载着她女儿夏娃的推车。"**玛斯 - 萨拉姆，呀 - 艾米。**"她说，那声音听起来好像坏了的长笛——"愿您安宁！噢，母亲！"然后她就走了。

那是我最后一次见到她，那时我还是个小孩子。她甚至可能不知道我是谁，我也不认识她。但是我一直看着她在那里啜泣，我为她感到难过。自我记事以来，阿姆图·玛利安就不再属于泰太，这是泰太告诉我的。她告诉我，对她来说，阿姆图·玛利安和阿姆图·阿米娜一样都已经不存在了。至少阿姆图·阿米娜曾经拥有泰太这样一个母亲而阿姆图·玛利安除了眼泪什么都没有。她哀号着："**呀 - 艾米，呀 - 艾米！萨姆西尼，萨姆西尼。**"她冲着泰太大叫，想让泰太原谅她。这一刻，我觉得泰太可能对我说谎了，或许她没有失去玛利安，或许泰太只是把她藏在心里，藏到了一个安全而神圣的地方。今天我看谁心里都不舒服，但是今天我喜欢这样盯着阿姆图·玛利安看。我想知道这段时间她上哪儿去了，我希望在她脸上看到答案。她看起来比她的两个姐姐还老，干燥的皮肤上布满皱纹。她也很黑，黑色的眼睛、黑色的头发，就像我们一样。她长得和艾胡德"母亲之家"的人非常像，一望而知，就是属于这个家的。我想我可以原谅她曾经做过的事情，或许泰太也会这样。

"没关系。"阿姆图·阿米娜说，但是玛利安只是摇头。她蹒跚地往后退，然后重重地一屁股摔倒在地上。她像个小女孩一样在地板上蜷缩着，大哭着："呀-艾米，呀-艾米。"

艾胡德大伯和易卜拉欣冲了过来。混乱中我被推开，又回到客厅。我开始觉得眩晕，好像客厅在我的眼前方变圆。我想躺下，但是无处可躺。女人们占据着厨房和客厅。努尔待在我的卧室里，就像霸占麦当劳一样。我的兄弟姐妹和堂兄弟姐妹聚集在门廊里。我感觉到下唇在颤抖，我知道我要哭了。但我不想哭，讨厌哭，也不想任何人哭。我用鼻子深深地吸气，努力忍住眼泪。我听到胸口的心脏怦怦怦地跳动。我张开下巴，哭了出来，"嗷！"的一声，一滴眼泪顺着脸颊流下。我擦掉眼泪，环顾四周，发现阿里叔叔正看着我，我们四目相对。他坐在客厅中央的一个塑料凳上。我停止了哭泣，只是看着他。他的眼睛是黑色的，头发浓密，我仍然认为他看起来像埃尔维斯。他对我轻轻点了一下头，我不确定这是什么意思，但我走过去，坐在他旁边的空椅子上。我不知道还能做些什么。

《古兰经》的经文还在播放着，阿萨德医生跟阿布·贾马尔和侯赛因坐在一起，正在轻声交谈，讨论关于祖母这件事的一些细节。阿萨德医生读着一张纸并回答他们的问题。他告诉他们祖母的全名是尤切维德·亚当。这是一个有浓重的阿拉伯色彩的名字，用英语很难发音。即使在阿拉伯人中，"尤切维德"也是个不寻常的名字，它属于穆萨先知——摩西的生母。

阿萨德医生接着告诉阿布·贾马尔，我祖母的爸爸叫奥马尔，妈妈叫爱莎。我心一沉，阿布·贾马尔肯定知道奥马尔和爱莎是逊尼派教徒的名字。泰太从来不想让我们知道她父母的名字。我意识到自己对祖母的过去竟然一无所知，我的兄妹们也跟我一样，什么都不知道。可能我的叔叔、姑姑甚至我的父母也不了解，或许他们压根儿就不想知道。我希望我可以告诉泰太我想了解她。现在她死了，我不得不听着阿萨德医生告诉清真寺的人泰太去世了。他告诉他们，泰太的生日是 1935 年 5 月 2 日，享年六十三岁。我不知道算是年轻，还是年老？

　　我的叔叔易卜拉欣来到客厅坐在我旁边。阿里叔叔和我两个堂兄纳德尔和赞恩也坐在我们中间，他们此时平静下来听着《古兰经》。"你知道，"易卜拉欣叔叔开始用浓重的阿拉伯口音说，"邻居问我，你的母亲是怎么去世的？我说是自然死亡。"他的这番话让我的情绪发生了变化。我怦怦怦的心跳舒缓下来，发紧的喉咙也松弛下来。也许易卜拉欣是对的，或许泰太的死就是因为她已经为死亡做好了准备，没有别的原因。

　　阿布·贾马尔和侯赛因与阿萨德医生谈完后站起身去抬祖母的遗体。他们这样做，必须得到我们家人的允许。我们都站起来跟着他们进了卧室。他们同我父亲和艾胡德大伯讨论每一个步骤。他们都站在泰太的遗体周围，用非常正式的方式讲着常识性的东西。他们会把她的遗体送到太平间，在埋葬她之前为她清洗身体。父亲和阿姆·艾胡德同意了。阿布·贾马尔告诉阿姆·艾胡德，他会帮忙把泰太装入运尸袋。他们把运尸袋放在遗体旁边。运尸袋是黑色的，看起来像是塑料制成的。拉链被打开，爸爸和阿姆·艾胡德主动提出要亲自把他们妈妈的遗体装殓入袋。阿姆图·阿米娜和雅思明、菲达、祖拜达、玛利安、妈妈、奥萨马和阿里都后退看着。爸爸站在床头的位置，阿姆·艾胡德站在床尾。爸爸抬着祖母的肩膀，艾胡德抬着祖母的腿，把她抬到离床一英寸的位置，然后轻轻装入运尸袋。我看着爸爸的脸，他一直皱着眉头。他是个非常强壮的男人，胳膊上的肌肉在 T 恤衫里鼓起来。他并不想做这个，他不看他的母亲，目光一直盯着前方。我看见他双手抓住母亲肩膀的时候绷得紧紧的，似乎很费力。我在想，也许是祖母太重了，或者爸爸太虚弱了。他的手指粗壮，手被晒得黝黑，上面的血管清晰可见。手上的汗毛显得他的皮肤比实际还要黑。我看着泰太被移进了装尸袋，然后阿姆·艾胡德和爸爸退后，阿布·贾马尔表情僵硬，走过去缓慢而小心地拉上拉链。之后，他告诉侯赛因把担架拿过来。

我的目光追随着侯赛因离开房间。我对他感到好奇。这就是他的工作吗？难道他只是跟着阿布·贾马尔到处搬运袋子里的尸体吗？直到那一刻，我还没有听见他说话，也许他不会说话。他锥形的脑袋上只在周围长了一点头发，就像是底部被树木围绕起来的火山。我认出了他从灵车上拿下来的担架。我原以为那应该跟救护车上的担架一样是有轮子的，但它没有。它更像足球赛场上使用的那种担架。这个担架，这个特别的担架，居然来自于我父亲的商店。这些担架本来是他卖给猎人和士兵的。担架腿被摘下，四角安上了手柄，但不论把它放在哪里，我都能认出来。我父亲一定把它捐给了清真寺。是的，他经常捐献物品，像烧烤架、罐子、椅子，有时候甚至会捐献露台。

阿布·贾马尔和侯赛因把担架放在泰太躺过的床上，然后把

她的遗体抬了上去。阿布·贾马尔对我父亲和阿姆·艾胡德说，他们需要人协助把她抬到灵车上。这四个人握住手柄抬起担架沿着走廊走去。与此同时，家人开始跟着走，一个接着一个，下了台阶，直到我们都出来站在街上，眼巴巴看着泰太被安放进灵车的后车厢。

当我们看着阿布·贾马尔启动灵车时，我注意到父亲发现自己站在了玛利安姑姑的身边。自从她多年前离开我们家，父亲就没有与她说过话。他曾经是反对玛利安丈夫的主要力量。如果不是因为他，我们可能已经前往黎巴嫩去寻找那片根本就不存在的土地去了。

父亲转向了他的小妹妹，看着她像玻璃一样明亮的眼睛，问："你今晚住哪儿？"声音依旧沉着而温柔。

她摇了摇头，用手捂住嘴，一颗泪珠沿着脸颊颤动着滑落。

"留在这里吧！"他说。

阿姆图·玛利安凝视着灵车。灵车带着后车厢里祖母的遗体从车道上倒出来。凭着神的意愿，玛利安的兄弟姐妹站在了一起，他们一同注视着时间之沙在他们之间流转。我看到了家族所有人都聚集在这里，此时，我们仿佛被镌刻在石头上，仿佛我们就是"十诫"。我唯一没有看见的人是尤切维德。这么长时间，我一直没有看到她。从那时起，十五年来我总问她，那天她在哪儿？我对她说，我想把她写在故事里。她问我："你说我在哪儿？"我说，哪里都看不到，因为我不知道在哪儿。"就那么写吧！"她说。这件事发生时我只有十一岁，但当时的情景总是历历在目。午后，

太阳依然在云层里进进出出。灵车慢慢地消失在凯特琳大街上，
"巴特·艾姆·艾胡德"的哭声一路相随：

　　"呀 - 艾姆·艾胡德。呀 - 艾姆·艾胡德。"